Uma outra história

LARANJA ● ORIGINAL

Uma outra história

1ª Edição, 2024 · São Paulo

Maria Helena Pugliesi

Este livro é dedicado aos meus filhos: Matheus, que sempre compreendeu e valorizou minha paixão por escrever, e Murillo, meu grande incentivador na aventura de me tornar uma verdadeira escritora. Também ao meu marido, Marcos, que pacientemente e atentamente ouviu horas e horas das minhas leituras, apontando erros e dando sugestões preciosas para aprimorar o texto.

Obrigada, meus homens queridos.

Sumário

9   Apresentação

15   Maio de 2021
29   Julho de 2021
43   Agosto de 2021
61   Maio de 2022
79   Setembro de 2022
93   Março de 2023
115   Julho de 2023
147   Setembro de 2023

Apresentação

Em 2017, quando meu trabalho de jornalista foi dispensado por uma das maiores editoras da América Latina, não por incompetência minha ou por contenção de despesa da empresa, mas simplesmente pelos meus cinquenta anos de idade, vi minha vida virar de ponta cabeça. Há trinta anos atuando em redações, viajando pelo Brasil e mundo afora em coberturas jornalísticas, participando de reuniões e decisões, não me preparei para o fim dessa etapa profissional. De repente, me vi em casa, pela força do hábito, em frente ao computador, sem saber com o que preencher a tela em branco. Passei dias olhando para aquele vazio, que a princípio me consumiu com revolta, depois com tristeza, aí veio a insegurança e em seguida o medo. O que fazer daqui para frente? Por que me preteriram se ainda tinha tanto a oferecer?

Confesso, paralisei por um bom tempo, mas um dia resolvi parar de ter pena de mim mesma. Não iria me render ao jogo perverso do mercado de trabalho, que vê na experiência de anos na ativa um empecilho para o progresso. Lúcida, ainda cheia de energia e pronta para recomeçar, decretei que iria continuar exercendo o que sempre me proporcionou prazer e emoção: ESCREVER! Criei então minha própria editora, a BIO-MEMORIES, uma proposta informal de livros para contar histórias de vida, de superação, de famílias, enfim, desenvolver conteúdo com impressão digital. Muita gente entendeu, apostou na ideia e a tela branca de meu computador voltou a se bordar de letrinhas.

Porém, o desafio do recomeço me fez encarar o quanto eu posso ir mais longe quando não me rendo às amarras do preconceito nem aos delírios dos padrões sociais em relação à produtividade na terceira idade. Assim, nasceu este romance, meu primeiro livro autoral. Uma distopia na qual mergulhei de corpo e alma. Longe da ditadura do número de toques que por décadas engessaram meus textos publicados nos veículos de comunicação, me diverti escrevendo em total liberdade, me deixei levar pelos personagens e permiti que a imaginação fosse minha guia e conselheira.

O resultado está aí. Que você, leitor, se deleite na leitura tanto quanto eu me encantei ao traçar os rumos desta ficção.

Maio de 2021

Ao olhar para o céu, encostada nas placas de vidro de correr que fecham sua varanda do décimo primeiro andar, Mercedes quase não acredita que a qualquer momento — amanhã ou daqui a um milhão de anos — a Terra explodirá. Os cientistas só não precisam da data, mas o *Big Crunch* já é tido como certo.

O ar continua respirável, suas narinas inflam e desinflam como sempre, seus pés ainda estão bem apoiados no chão revestido de granito branco Siena. No entanto, ela sabe que os universos paralelos não mandam mais gravidade ao nosso planeta como antes. Assim, sem a energia escura que mantinha o planeta em crescimento, nosso mundo está encolhendo, encolhendo... Até que toda sua matéria irá se concentrar e, *bum*, tudo vai para o espaço.

Dane-se! Mercedes deixou de olhar o céu e foi sentar-se no sofá macio revestido de linho. Talvez não chegássemos a esse ponto. A Terra ainda tinha a chance de colidir com outro universo e se desintegrar de um jeito rápido.

Entre um e outro final catastrófico, ela resolveu seguir a vida, pelo menos até quando der.

As coisas para ela estiveram piores. Depois que a Lua fugiu de vez da nossa órbita e as cabeças pensantes do Instituto de Tecnologia de Massachusetts, o MIT, possibilitaram a captura de Ganimedes — o principal satélite de Júpiter — para substituí-la, Mercedes nunca mais ficou de TPM. E seu medo de nadar no mar desapareceu. Afinal, sem a Lua, as marés não têm grandes variações. Dá para boiar numa boa nos enormes e plácidos lagos nos quais os oceanos se transformaram.

Por outro lado, as ondas de frio e de calor intensos que se instalaram por aqui a deixam maluca. Nos dias curtos de agora — sim, com a mudança de nosso satélite natural, cada dia tem apenas quinze horas — ela nunca acerta na roupa que vai vestir.

Tão doido, quanto o clima, está o governo brasileiro, que em pleno mês de maio mandou o povo mudar seus relógios para o horário de verão. Desta forma, o céu escurece quase na hora de dormir. Pois desde que uma certa estrela vagando pelo espaço entrou em nosso sistema solar, ganhamos mais um Sol. Enquanto um se põe às dez da noite, o outro nasce às cinco e meia da manhã.

A princípio, todos acharam que a Terra esquentaria. Mas não. Distante de nós, esse novo astro brilha menos que o nosso bom e velho Sol. Na verdade, trouxe frio em vez de calor.

Mercedes, assim como a humanidade em geral, não reclama das mudanças. E não é só por causa da enorme economia de energia elétrica, não. Ultimamente, está todo mundo feliz, bem-humorado e com a libido em dia. Efeito do maior período de luz solar sobre nosso corpo, que assim aumentou a produção de vitamina D, o elixir da felicidade.

Recebendo mais luminosidade, a natureza também prosperou. Resultado: maior quantidade de alimentos saudáveis e um reino vegetal exuberante. Além de maiores e mais suculentos, frutas e legumes triplicaram suas propriedades energéticas, fornecendo vitaminas, minerais, fibras e compostos protetores que ajudam no fortalecimento do organismo.

Mercedes acha incríveis os animais de pele azul que nasceram nos últimos tempos. Ela soube que essa cor reflete os raios energéticos, e nocivos, do Sol. Então, entendeu por que isso está acontecendo.

Com a cabeça apoiada no braço do sofá, a moça de longos cabelos negros, repartidos ao meio, e olhos verdes, acompanha o lento declínio da luz do dia. Aos poucos, o céu cede à claridade ao lusco-fusco típico do horário crepuscular.

Em breve, Plínio, seu melhor amigo, deve chegar à sua casa. O rapaz loiro, de olhos azuis e constituição física bem delineada, vem para contar as novidades. Finalmente, marcou a data de sua mudança para Marte. Mercedes sempre foi contra essa loucura. Bem menor que a Terra, Marte só pode abrigar dois bilhões de pessoas e está quase com toda essa população. Como sua fauna e flora não chegam aos pés da diversidade da nossa, a maior parte dos habitantes trabalha no cultivo de legumes, verduras e frutas e na criação de animais para abate.

Plínio foi contratado para supervisionar uma das muitas estufas iluminadas e climatizadas de maneira artificial que se espalharam pelo território marciano. Para garantir a respiração dentro dessas cúpulas e demais áreas fechadas das estações, gases são produzidos por meio da extração de elementos das rochas locais.

"Mesmo com a ajuda dos eficientes painéis solares que já existem por lá, você não vai aguentar um ano naquele clima polar", prevê a amiga. "E olha que estou sendo otimista. Afinal, um ano por aquelas bandas equivale a 687 dias terrestres."

Não teve jeito de persuadi-lo a desistir da ideia. Por duas horas, Mercedes desfilou todas as inconveniências de morar naquele planeta distante, incluindo os estranhos animais alados, que costumam dar voos rasantes sobre as cabeças das pessoas, bem como a alta incidência de câncer, devido à radiação solar e cósmica do planeta.

Ela até argumentou que se era para conhecer uma nova realidade, que ele se mudasse para as regiões da Terra em que a força da gravidade tem diminuído drasticamente. "Dizem que lá as novas gerações de bichos e de plantas são gigantescas. Homens e mulheres têm uma força descomunal. Levantam objetos de 100 quilos com a maior facilidade."

"Eu sei disso", respondeu ele. "Por causa da baixa gravidade, até o futebol foi proibido nesses lugares. Na última partida do Mortos-vivos Futebol Clube contra o Quatro Pernas Team, a bola chutada por um jogador foi parar a quilômetros de distância do estádio Boca do Jacaré. Deus me livre viver onde nem se pode jogar uma pelada!"

. . .

E assim, fazendo piada de tudo, Plínio vestiu sobre a camiseta seu blusão de tricô preto e se despediu com um longo abraço, garantindo ligar de Marte para a amiga todos os dias.

Na manhã seguinte, ainda triste com a decisão do amigo, Mercedes tomou seu café, acompanhado de pão integral e ovos mexidos, procurando notícias na internet sobre os avanços das pesquisas ligadas aos homens voadores. Por muito tempo esse tem sido o assunto mais comentado por todos.

E os cientistas fizeram grandes progressos. Conseguiram desenvolver, por meio da genética, criaturas com asas no lugar dos braços, onde pelos e penas funcionam como proteção. Esses novos seres humanos alcançam 200 metros de altitude, desde que, evidentemente, tenham bastante espaço para correr e ganhar impulso para alçar voo.

Não há dúvida de que o Homo volans, como foi batizado, é uma descoberta fenomenal, mas também um desperdício. O povo começou a protestar por tanto dinheiro gasto na criação de um ser que apenas voa, uma vez que, sem mãos nem braços, não pode produzir nada. Foi então que uma nova etapa de estudos científicos começou.

Desta vez, o objetivo é conceber um ser humano que tenha os seis membros funcionais (duas pernas, dois braços e duas asas), bem como olhos com glândulas lacrimais mais eficazes para não secar nas alturas.

Apesar de esquisito, o protótipo está pronto: trata-se de um ente com tronco duas vezes maior que as pernas, as quais ganharam músculos poderosos para sustentar e dar impulso na hora de levantar voo.

Infelizmente, Mercedes leu no Portal G1 que está difícil dar vida a um ser com essas características. "Estamos dedicando todos os esforços no desenvolvimento de uma musculatura peitoral forte o suficiente e ter espaço vertebral para suportar os quatro membros superiores. Também nos empenhamos numa estratégia morfológica que permita ossos mais leves. Isso ajudará o volans a manter-se no ar durante mais tempo, gastando menos energia. Ainda não chegamos lá, mas estamos perto", explicava um pesquisador.

Mercedes riu e pensou com seus botões: "o que mais vão inventar?"

Antes de sair para trabalhar, vestindo camiseta de malha mista com decote V, calça skinny de jeans e scarpin acamurçado de salto alto e grosso, ela fez o de sempre: se perdeu em pensamentos olhando o céu por sua janela. Nuvens cinzas gravitavam pelo firmamento, as poucas aberturas entre uma e outra deixavam entrever um teto de luz pálida.

Passaram-se alguns minutos quando um enorme ribombar de trovão estremeceu a paisagem. "Nossa, nem vi relampejar e escutei o barulho", intrigou-se, ao mesmo tempo que ecoava outro grande trovão e, aí, sim, um raio rasgava o céu pespontado de edifícios com suas altas e pontudas antenas de telefonia celular.

Deixando de pensar na estranheza do acontecido, ela seguiu em seu carro para o escritório. No rádio, uma antiga música de Chico Buarque, "Quem te viu, quem te vê", a fazia recordar dos tempos de menina quando a programação foi interrompida pela voz de um locutor alarmado.

"Acaba de ser confirmada a estarrecedora notícia de que a velocidade do som passou a ser superior à da luz, contrariando a inabalável Teoria da Relatividade, de Albert Einstein. Ainda não se sabe se o fenômeno é temporário, mas, enquanto permanecer, voos de aviões supersônicos e viagens espaciais ficarão impossibilitadas de ser realizadas. Como agora a velocidade da luz passou a ser de 1.250 quilômetros por hora, tudo indica que a internet e as ligações telefônicas de longa distância também serão afetadas. As autoridades pedem calma à população e os meteorologistas alertam para baixas temperaturas nos próximos dias. A qualquer momento voltamos com dados mais atualizados. Bom dia a todos."

Parada no semáforo entre as avenidas Santo Amaro e Vicente Rao, Mercedes não entendeu direito a gravidade da situação, mas ficou feliz com a suspensão das viagens a Marte. "Não vou perder meu amigo", comemorou.

Do outro lado da cidade, Plinio não se conforma com sua má sorte. "De novo meus planos dão errado. Primeiro a Europa, agora Marte. É muito azar", lamenta-se lembrando quando tentou mudar-se para Málaga, na Espanha.

Isso foi há uns seis anos, quando ele finalmente acertou toda a sua vida por aqui e se viu livre para morar no país de seus bisavós. Mas aí, a Europa ficou tão longe do Brasil que os valores das passagens aéreas se tornaram exorbitantes.

Verdade seja dita, foi ele mesmo quem marcou bobeira nessa viagem. Devia ter se apressado nos preparativos, afinal, todo mundo sabe que os continentes se movem sem parar e as Américas estão se afastando cada vez mais da Europa. Os inúmeros terremotos nas cordilheiras dos Andes são a prova viva desse incessante deslocamento.

A boa notícia é que se trata de um processo reversível; tudo voltará a ser como era antes. A má notícia é que provavelmente Plinio não conseguirá realizar o sonho de voltar à terra de seus ancestrais, pois a previsão para que isso aconteça é de cerca de cinquenta milhões de anos.

Puto da vida, Plínio resolveu espairecer na academia de boxe. Pegou sua mochila, colocou dentro dela a garrafinha de água, as toalhas de rosto e de banho, o cadeado do armário, o tênis e o calção próprios para o treino e terminou com o sabonete, shampoo e condicionador, todos indicados para peles sensíveis.

Nem tinha dado os primeiros socos no saco de pancada quando um neandertal, que vinha conversando com seu instrutor, trombou-se com ele. O parrudo, de nariz largo e estatura baixa, pediu desculpas e seguiu em frente. "Desgraçado. Esses ignorantes deveriam ser proibidos de deixar o hemisfério neandertal", pensou Plínio, esmurrando com toda força seu oponente feito de retalhos de tecidos e serragem.

Até que no Brasil, os neandertais vivem bem. Não são explorados como no norte da África, muito menos feitos escravos, a exemplo de alguns países europeus. Aqui, pela força física, graças aos braços muito mais fortes que os dos sapiens, conseguem trabalho fácil na área de construção civil.

Mas Plínio tem um preconceito arraigado contra os neandertais, que se transformou em ódio ao saber que Odete, sua única irmã, estava grávida e de casamento marcado com um deles, um campeão de arremesso de peso, de fartos cabelos ruivos. "Com tanto homem para transar, ela vai escolher justamente um neandertal! Não quero nem saber desse sobrinho mestiço. Que morra no parto."

Irritado, Plínio encerrou o treino e foi chorar as mágoas no bar da esquina.

A essa altura do dia, Mercedes já despachou os documentos da manhã e está convidando Rita, sua amiga de departamento, para almoçar. A moça acabara de falar com a irmã que mora no Rio de Janeiro. "Coitada", dizia Rita a Mercedes. "Ela saiu de São Paulo para morar perto da praia e ainda não conseguiu usar um biquíni sequer. É só casaco e guarda-chuva."

— Está tudo doido — respondeu Mercedes. —Você soube que, por causa da inversão das correntes oceânicas, os golfinhos de Santa Catarina desapareceram? Agora por lá, a atração são os leões-marinhos, as focas e as orcas, os únicos que aguentam águas tão frias.

— Sei lá, depois que a Terra passou a girar ao contrário, o mundo virou de ponta cabeça — continuou Rita. — Tenho pena de quem mora em Portugal e Espanha. Desde que tudo começou, esses países vivem sofrendo com tempestades tropicais e furacões.

— Que tempos vivemos, hein! Se tivéssemos um Super-Homem para girar a Terra e devolvê-la ao seu sentido correto, tudo voltaria ao normal — conjecturou Mercedes, logo atropelada por Rita. — Bom, mas tinha que ser um Christopher Reeve. Para mim, ele foi o melhor Superman de todos os filmes. Aqueles olhos azuis fulminantes protagonizaram muitos dos meus sonhos românticos.

Brincando com a imaginação, as duas seguiram até o restaurante.

• • •

Mas nem todos veem, como as amigas, a rotação invertida da Terra como um fato corriqueiro. Biocientistas do mundo inteiro estão de cabelos em pé com os resultados de seus estudos. Rotacionando ao contrário, assim como fazem Vênus, Urano e Plutão, nosso planeta começou aos poucos a girar mais lento, e a previsão, com data ainda inconclusiva, é que ele, em algum momento, estacionará.

Quando isso ocorrer, será uma verdadeira revolução cósmica, pois o ano ficará dividido em seis meses de noites contínuas e geladas e seis meses de dias escaldantemente ensolarados. Magnatas e milionários estão construindo habitações, com todos os requintes tecnológicos, nas profundezas dos oceanos, próximas às fendas que expelem calor, o único local seguro para viver se tal catástrofe se confirmar.

Custando mais de cinco milhões de dólares, dizem que esses bunkers são equipados, entre outras coisas, com filtros de ar e de água para conter uma possível radiação, elevador, cinema, máquina de lavar, fogão e geladeira, piscina, academia, sala de convivência, parque artificial para animais, biblioteca, salão de jogos, paredes para escalada, centro médico e espaço para treino de tiro.

Enfim, não foi preciso da ajuda do Super-Homem nem dos estudos dos biocientistas para a Terra voltar ao seu eixo normal. A providência veio do céu: um asteroide, alguns quilômetros menor do daquele que exterminou os dinossauros, se esborrachou — pasme — no mesmo lugar, a península de Yucatán, no México.

O impacto foi grande, fez o planeta mudar de rotação. O que não deixa de ser uma notícia boa, mas nem tanto. México e América Central foram bastante afetados por tsunamis. Sua agricultura está toda destruída. Por pelo menos um ano, essas regiões terão que sobreviver com a ajuda dos demais países.

Com a economia sob o controle do Estado, cidades como Guadalajara e Manágua começaram a receber da China e da ONU ajuda na reconstrução de casas, escolas, hospitais e edifícios públicos. No Brasil, os danos foram maiores no Amazonas, Roraima e Pará, Estados na região norte e, na Europa, em países da parte ocidental, entre eles Bélgica, Liechtenstein e Reino Unido.

Da noite para o dia, Vietnã, Laos e Tailândia se tornaram os grandes abastecedores mundiais de cereais.

Na verdade, o maior receio é que países prejudicados pela nova mudança de rotação da Terra tenham o mesmo destino do Paraguai. Depois que a fome e o frio expulsaram toda a população paraguaia, vinte anos atrás, seu território está se transformando numa região selvagem e inóspita.

Os poucos cães domésticos que sobraram voltaram ao seu estado feral e hoje vagueiam como lobos ferozes por entre as grandes árvores, que despontam onde antes havia cobertura asfáltica. O mesmo aconteceu com os dóceis porcos, agora com feições e agressividade semelhantes aos javalis.

Com o fim da emissão de CO_2 por veículos, indústrias e queimadas, as temperaturas no Paraguai despencaram ainda mais, acelerando o esfacelamento das construções. Pontes caíram e edifícios de concreto se esfarelam pelo chão, e os de estrutura metálica se desmancham enferrujados.

Portanto, a comunidade mundial não quer ver surgir outros países fantasmas, um câncer para a humanidade e para as economias.

Julho de 2021

Dois meses se passaram desde o fiasco da viagem a Marte, mas só agora Plinio se convenceu de que seu sonho jamais será realizado. Tudo porque, quem passou a liderar a corrida espacial foram os cientistas alemães, sob o comando do partido nazista. Sendo ele judeu, minoria fortemente perseguida pelos herdeiros de Hitler, suas chances de embarcar num foguete tornaram-se nulas.

Plinio sempre defendeu que as ideias racistas que se alastraram pelo mundo poderiam ter sido banidas com uma Segunda Guerra Mundial. Mas a guerra não aconteceu e a eugenia, tão defendida pela Inglaterra desde 1883, para "melhorar" geneticamente a população, vem ganhando cada vez mais adeptos depois de ser abraçada pelos nazistas.

Os programas de esterilização compulsória em deficientes, viciados e mulheres latinas, negras e indígenas praticados na Bélgica e na Suécia estão estarrecendo aqueles que veem tal discriminação como algo desumano. Lá, também leis antimiscigenação proíbem casamentos interraciais e o machismo crescente tem impossibilitado que mulheres consigam condições de vida e de trabalho iguais às dos homens.

O Brasil, pertencendo ao bloco dos países capitalistas liberais, mantém-se afastado do poderio nazista. No entanto, nossa vizinha Argentina adotou as regras do fascismo, o que acende um sinal de alerta para os brasileiros.

Todo cuidado é pouco! Afinal, a Alemanha há tempos tenta nos enlaçar por meio de acordos econômicos, cooperação militar, programas culturais e infiltrados nos sindicatos, em especial nas cidades de Blumenau, Nova Petrópolis e Pomerode, na Região Sul, onde existe uma grande comunidade germânica. Porém, assim como o Uruguai, estamos resistindo bravamente.

No momento, todos os esforços estão voltados para defender a Amazônia. Numa ação de contraespionagem, nossa Polícia Federal descobriu planos militares nazistas para invadir o Brasil pelo Norte. Estamos em alerta máximo.

Contudo, nem todos os países estão conseguindo se livrar dos tentáculos da Alemanha nazista. O Afeganistão acaba de se render, o que significa um perigo para todo o Oriente Médio e seu gigantesco suprimento de petróleo. Mas os Estados Unidos estão de olho e não permitirão que o império nazista continue avançando.

Russos, bielorrussos, ucranianos, búlgaros, sérvios, croatas, macedônios, eslovenos, tchecos, eslovacos e poloneses, considerados cidadãos de segunda classe pelos nazistas, também estão de prontidão para defender suas nações dos interesses hitleristas. A coisa está ficando feia e, tudo indica, os alemães acabarão levando a pior.

Analistas internacionais estão comparando a expansão do nazismo com o que ocorreu com Napoleão ao ganhar a batalha em Waterloo, em 18 de junho de 1815. Com a vitória, seu poder pelo continente europeu aumentou, assim como seu prestígio. Mas a alegria durou pouco. Seus soldados não foram páreo para a ofensiva de meio milhão de austríacos e 200 mil russos, que invadiram o território francês.

Diante da derrota fragorosa, Napoleão viu ir por água abaixo os planos de uma confederação de nações, centralizada pela França. O jeito foi retirar suas tropas da África do Sul e da Índia e desistir de disputá-las com a poderosa Inglaterra.

O mesmo retrocesso deve acontecer com a Alemanha nazista, preveem grupos de estudos estratégicos do mundo inteiro. Frentes muito bem articuladas estão minando suas táticas megalomaníacas.

Incontestavelmente, uma dessas frentes atuantes é a Turquia, pertencente ao duradouro Império Romano do Oriente. O Papa Francisco, seu imperador, disponibilizou todo o Exército para proteger as fronteiras de seu reino. Bispos e cardeais, que atuam como prefeitos e governadores das províncias, apoiam as atitudes do papa contra os nazistas. O cardeal Marcello Semeraro é um dos mais influentes na defesa da igualdade racial e social.

No entanto, dizem por aí que os turcos acreditam que talvez uma invasão ajude a melhorar as condições de vida no país. Eles estão cansados das inúmeras proibições a que têm que se submeter, como a impossibilidade do divórcio e do aborto. Além disso, as punições previstas pela lei estão se tornando cada vez mais absurdas. O último decreto baixado foi a obrigatoriedade de comer peixe às sextas-feiras. Quem não cumprir corre risco de ser açoitado, exilado e até cumprir prisão domiciliar, de acordo com a reincidência.

Longe do capitalismo, a seu modo, a Turquia é tão nazista quanto a Alemanha.

É bom que ninguém esqueça que essa Alemanha de hoje, ávida em conquistar o mundo, nem sempre foi assim. Após a Guerra Mundial (1914 a 1918), o país estava enfraquecido. Se não fosse a ajuda de Leon Trotsky, que sucedeu Vladimir Lênin, os alemães não teriam se erguido.

Unidas, Rússia e Alemanha formaram a Super-União Soviética, que logo se tornou uma potência militar e econômica. Levantes proletários eclodiram em todo o planeta, fazendo com que a China logo se rendesse ao comunismo, atacando sem dó nem piedade o Japão. Mas este, firme e forte no eixo dos países capitalistas, ao lado dos Estados Unidos e da América Latina, conseguiu se safar da dominação soviética.

A farra comunista enfim acaba quando Trotsky morre, em 1933, e quem toma o poder são os stalinistas, mesmo ano em que Adolf Hitler é nomeado chanceler alemão. Moderando a postura agressiva da Super União das Repúblicas Socialistas Soviéticas, o novo comando aceita que a Alemanha se torne independente. Faz um pacto com a social-democracia alemã e assim abre caminho para a ascensão do nazismo.

Curioso lembrar que enquanto a URSS (extinta em 1991) abriu-se para o capitalismo quando Mikhail Gorbachev assumiu o Parlamento nos anos 1980, na mesma época nasce no Brasil o Partido dos Trabalhadores (PT), o qual nunca vingou e até hoje opera apenas na clandestinidade.

• • •

Mercedes, no entanto, não está nem aí com o avanço ou com a derrocada do nazismo. Deitada em sua cama king size, acariciando seu novo bichinho de estimação — ela resgatou da rua um daqueles azuizinhos que estão nascendo aos montes — lê entusiasmada o convite da amiga Alina Fernández Revuelta para passar seu aniversário em Cuba.

Alina é filha de uma relação extraconjugal do famoso advogado cubano Fidel Alejandro Castro Ruz com Naty Revuelta Clews. Ela sempre se deu muito bem com o pai, acompanhando-o até sua morte, em 2016.

Mercedes e Alina se conheceram num encontro de motociclistas da América Latina. A cubana estava na garupa de Aleida Guevara, que participou do evento com a emblemática moto de seu pai, o médico argentino Ernesto "Che" Guevara, a Poderosa — uma Norton 500.

A amizade entre as três foi imediata e desde então estão sempre em contato uma com a outra. Comemorar seus cinquenta anos num show do Buena Vista Social Club, em Havana, onde o grupo surgiu vinte e cinco anos atrás, era tudo o que Mercedes queria. Afinal, essa velha guarda de músicos cubanos faz tanto sucesso no mundo quanto os Rolling Stones.

Quinquagésimo primeiro estado norte-americano (garantido pela Emenda Constitucional Platt), Cuba está cada vez mais próspera, como suas produtoras de frutas e de cana-de-açúcar, suas fábricas de charuto e seus cassinos disputadíssimos. Sem falar nas praias, que atraem turistas o ano inteiro.

A única coisa que preocupa Mercedes é a tensão que está acontecendo por lá devido à insistência da Rússia em instalar uma base militar na região. Ela tem medo que isso desande num conflito interno e abale a paz e a segurança dos civis.

Deixa para lá, ela só fará cinquenta no final de setembro. Tem um bom tempo para se decidir.

Com Blue, seu bichinho azul, ainda aninhado no colo, Mercedes afofou os travesseiros atrás das costas e recostada na cabeceira da cama recordou as comemorações de seu quadragésimo aniversário. Ah, foi memorável! Seus amigos maias a receberam em sua bela casa, em Lago Atitlán, na Guatemala. A festa durou três dias e veio gente de longe, como a família Moctezuma, astecas que moram em Savannah, no sul dos Estados Unidos.

Entre muita comilança, à base de iguarias feitas de abóbora, feijão, milho, peixe, peru e tomate, Mercedes escutou histórias incríveis desses dois povos. Ela soube, por exemplo, que a sobrevivência de ambos aconteceu devido à expulsão dos espanhóis de suas terras pelos povos nativos, lá atrás, em 1492. A partir daí, o território é compartilhado por várias civilizações, como os incas, que hoje ocupam a região andina.

Mas dos incas, pouco se falou; imperialistas por natureza, eles têm causado muita destruição devido ao ímpeto exploratório. Completamente diferentes dos maias e astecas, que acreditam na igualdade de condições do ser humano em relação a animais e plantas.

A comemoração terminou com uma emocionante cerimônia de agradecimento aos seus vários deuses. Comandada por Alejandra Eduarda Giammattei Falla, presidente da Guatemala, o ritual politeísta aconteceu em frente a uma linda réplica da pirâmide Chichén Itzá, a vistosa construção sagrada maia erguida no México.

Mercedes olhou para o azulzinho e disse: "Vai ser difícil superar aquele aniversário."

Esquecendo do assunto, Mercedes tomou uma rápida ducha e ligou o notebook. Estava quase na hora de começar seu curso online sobre o mundo islâmico. Com o que aprendeu até agora, ela se arrepia só de imaginar o que seria do Oriente Médio se não tivesse se livrado das potências europeias após a Guerra Mundial.

Vivendo em paz há séculos, suas regiões estão bem equilibradas tanto no campo geográfico quanto político. A dominação do Marrocos sobre o Saara Ocidental, por exemplo, é vista com bons olhos por ambos os lados. O mesmo acontece entre a Mauritânia branca (ao norte) e a negra (ao sul). A Grande Síria, estado composto por Síria, Líbano, Israel e Jordânia, também vive em harmonia, graças ao movimento nacionalista árabe, que a mantém protegida da dominação cultural turca.

Já o Egito, depois de incorporar o Sudão ao seu território e tornar-se uma potência regional, passou a ser importante parceiro da Grande Síria. Quem não fica atrás em poderio é a Mesopotâmia, hoje unida ao Kuwait e a parte do Iraque. A outra parte do Iraque é habitada pelos curdos. Vale ainda destacar o vigor da península Arábica, uma rica federação formada pelos Emirados Árabes, Iêmen, Omã e Catar.

Na última aula, Mercedes aprendeu sobre a convivência pacífica entre os judeus e as populações islâmicas e sobre a gradual ocidentalização dessa sociedade, devido aos jovens árabes que voltam com seus diplomas das universidades europeias bastante influenciados pelos costumes do velho mundo.

Hoje, o estudo abordará como grupos étnicos e religiosos conseguem viver em simbiose nessa sociedade multicultural, e explicará como funciona seu sistema de leis híbrido, onde convivem preceitos do islã e do direito moderno.

A aula tem início, estão todos na telinha, o jovem professor dá um boa noite e começa dizendo: "Padrões de igualdade na educação, nas leis e no voto asseguram..."

• • •

No dia seguinte, apesar de ser um belo sábado de sol, Mercedes acordou com a disposição de quem sabe que o *Big Crunch* pode acontecer a qualquer momento. Por isso, enquanto fazia sua higiene matinal, assistiu com certa indiferença o podcast daquele outrora importante jornal impresso.

O assunto era os avanços nas negociações de união entre os Estados Unidos da América e os Estados Confederados do Sul. "Se o mundo está prestes a explodir, para que esses dois países querem mudar agora um acordo que existe desde meados dos anos 1800? Deixa como está. Tudo vai pelos ares, mesmo, para que tanto blá-blá-blá", falou ela com desdém.

Os Estados Confederados do Sul não pensam como Mercedes. Voltar a fazer parte dos EUA é a melhor, talvez única, saída para que eles deixem o status de subdesenvolvidos. Claro que existem grandes questões em jogo, como o fim da escravidão, ideia que não agrada nem um pouco aos donos das grandes propriedades agrícolas que dominam o país.

Apesar de a escravidão ser uma prática deplorável, é importante lembrar que os negros escravos hoje levam uma vida infinitamente mais digna em relação aos tempos em que o Sul se separou do Norte. A dominação racial diminuiu muito, a ponto de extinguir toda violência física para com esses cidadãos.

Por outro lado, os Estados Unidos da América têm a melhor expansão industrial e urbana do planeta. Com o avanço do nazismo, unir-se aos sulistas aumentará seu poder militar e econômico. Mesmo assim, o acordo acontecerá se houver garantias de que sua segurança social não será, de maneira nenhuma, abalada por essa união.

E assim, o podcast encerrou o assunto, deixando a dúvida se vai haver ou não tal entrosamento entre as duas nações.

Sem sair de casa, Mercedes passou todo aquele final de semana acabrunhada, e nem ela entende o motivo. Era assim que se sentia quando estava de TPM, mas depois que Ganimedes substituiu a Lua, nunca mais precisou se preocupar com isso. Foi só no final do domingo que ela vislumbrou o motivo de tanta amargura.

Daqui a alguns dias, completarão quinze anos que sua grande paixão partiu. Ulisses faleceu devido a um aneurisma cerebral enquanto fumava no banheiro. Tudo foi rápido e inesperado; até hoje, Mercedes não se conforma com o ocorrido. Ela quisera se agarrar ao milagre da fé, porém, pouco acredita que Jesus Cristo tenha mesmo um dia estado por aqui, pregando tanto amor como dizem.

Sim, apenas se fala sobre as histórias desse Homem divino, pois nunca nada foi registrado. Desconhece-se uma tradição oral tão antiga quanto esta. E sabe como é, quem conta um conto, aumenta um ponto. "Se seus conterrâneos ou discípulos tivessem deixado textos contando as passagens de Jesus pela Terra, talvez Gutenberg imprimisse um grande livro sagrado em sua revolucionária prensa de tipos móveis. Aí, sim, poderíamos ter um guia para orientar a humanidade. Uma lástima que isso nunca aconteceu", lamentou-se Mercedes, fitando com os olhos rasos d'água a foto dela sorrindo ao lado do marido, que estampa a tela inicial de seu celular.

Em todo caso, o que os teólogos afirmam com veemência é que, apesar de Jesus Cristo ter renunciado aos seus ideais para escapar da morte violenta da crucificação, ele foi acusado de blasfêmia pelas elites religiosas judaicas, que o apedrejaram quase até a morte. No entanto, Cristo resistiu, se recuperou e viveu até a velhice.

Mercedes, como a maioria dos brasileiros, não é ligada ao cristianismo; afinal, essa religião é mais arraigada entre judeus e muçulmanos. Mesmo assim, leva no peito o pingente dourado de um peixinho com a inscrição "ictus", palavra grega que significa peixe e traz as iniciais da expressão "Jesus Cristo, filho de Deus Salvador".

Como sempre, o forte calor deu lugar a uma onda gelada de frio. Agasalhada por dois edredons, Mercedes tenta pegar no sono, quando o celular toca. São quinze horas, o que equivale à meia-noite de antigamente. "Quem é o sem noção que está ligando?", esbraveja ela, tirando o braço arrepiado debaixo das cobertas para alcançar o aparelho na mesinha de cabeceira.

"Ah, Plinio, você deve estar de brincadeira me chamando a essa hora. Amanhã não é dia de home office; tenho que acordar cedo para ir trabalhar."

"Desculpa, amiga, mas estou excitadíssimo. Acabo de saber que a Nasa voltou a se concentrar nas missões orbitais e está com estudos bem adiantados para viabilizar viagens espaciais, mesmo com a velocidade do som estando superior à da luz. Eles até começaram a construir foguetes menores para turismo. Não é maravilhoso?"

E ele continuou: "Fodam-se os cientistas alemães e sua corrida espacial. Se os nazistas não permitem que o judeuzinho aqui possa morar em Marte, vou turistar ao redor da Terra, sob os cuidados dos americanos. Então, amiga, o que você acha de a gente comemorar seu níver a bordo de uma nave dessas? As passagens estão à venda. Posso comprar agora mesmo com meu cartão de crédito, depois a gente acerta."

"Você está louco. Nem morta fico presa num foguetinho três por quatro. Ainda não confirmei o convite da Alina, mas acho que vou mesmo comemorar meus cinquenta anos na paradisíaca ilha de Cuba. Esquece essa loucura de espaço, Plinio, e me deixa dormir. Tchau." Mercedes fechou os olhos e só acordou no dia seguinte com a britadeira da companhia de energia elétrica, que já logo cedo estourava o asfalto da rua.

Agosto de 2021

Mercedes ainda não sabe, mas tem mais alguém querendo atrapalhar seus planos de aniversário em Cuba. Zeca, seu tio paterno, deixou Portugal para voltar a morar no Brasil. Como as passagens aéreas estão caríssimas e havia também o problema das altas taxas de bagagens extras, afinal se trata de uma mudança definitiva, ele está regressando de navio. Calculou a data para chegar um mês antes do aniversário da sobrinha, assim terá tempo de organizar uma bela festa para ela. Devido ao afastamento natural entre os continentes, os antes 106 milhões de km² de Oceano Atlântico entre Lisboa e o porto de Santos, praticamente dobraram de extensão. Por isso, faz quase um mês que ele está a bordo de um cargueiro, que também transporta passageiros em uma ala especial.

Zeca mudou-se para o estado brasileiro de Portugal para estudar na Universidade de Coimbra. Formou-se em Economia, arrumou um bom emprego num banco estatal, casou-se com a rechonchuda Isabel, separou-se e levava uma vida tranquila por lá. Porém, a união pacífica entre Brasil e Portugal, que se mantém desde quando o Rio de Janeiro se tornou capital do império português, em 1808, está azedando.

A enorme dívida externa de Portugal está minando os cofres brasileiros, fazendo com que o governo avente a possibilidade de conceder a independência ao estado português. Há gente contra e a favor dos dois lados. Por aqui, o medo de perdermos a paridade de renda, lição aprendida com nossos colonizadores, é muito grande. E tem mais, imagina não contar mais com o craque Cristiano Ronaldo em nossa seleção de futebol!

Por lá, caso a separação se concretize, o investimento que o Brasil faz nos setores como metalúrgico, têxtil e tecnológico fará muita falta, podendo comprometer a competividade industrial de Portugal.

Enquanto as negociações políticas avançam, o cargueiro onde Zeca está navega por águas brasileiras. A previsão é atracar em Santos daqui a dois dias, ao nascer do segundo Sol, às cinco e meia.

Calvo até metade da cabeça, de onde surgem madeixas fartas e grisalhas, e grossas sobrancelhas, Zeca é só felicidade e não é apenas por causa da maior incidência de luz solar, que está deixando todo mundo bem-humorado. Seus motivos são outros. Ele está voltando para um Brasil diferente daquele de quando partiu para Portugal, aos dezoito anos.

Nos idos de 1964, a União Democrática Nacional (UDN), que estava na presidência do país desde que Getúlio Vargas abandonou definitivamente a política, foi extinta pelo governo militar, o qual assumiu o poder através do Ato Institucional Número Dois.

Para o pai de Zeca, avô de Mercedes, ver a UDN se esfacelar causou-lhe uma irremediável depressão. Inteligente, falante e galanteador, senhor Carlos foi um dos fundadores do partido e forte defensor de um golpe de Estado para depor Getúlio Vargas da presidência, em 1954. Mas nem precisou chegar a tanto.

Corrupto e mesquinho, Getúlio começou a sofrer na época um verdadeiro linchamento moral. A imprensa moveu uma enorme campanha de desmoralização, destruindo sua reputação. Como resultado, ele foi deposto por uma conjunção de forças e a UDN conseguiu chegar ao poder, elegendo o jornalista carioca Carlos Lacerda como presidente.

Carlos Lacerda pertencia a uma família de grande participação na política brasileira. Além de seu pai, Maurício de Paiva de Lacerda, que foi deputado federal na década de 1910, ele ainda teve um avô que havia sido ministro durante o governo de Prudente de Morais e membro do Supremo Tribunal Federal. Enquanto os udenistas ocupavam posições políticas de destaque, a vida do jovem e despreocupado Zeca foi feliz. Apesar de conservadores e elitistas, os amigos de seu pai eram legais. De maneira agradável e simples, que até ele entendia, os homens gostavam de falar sobre economia e sobre o mal que o comunismo causava.

Sr. Carlos e seus companheiros de partido passavam muitas tardes de domingo, que se estendiam até o meio da noite, conversando no agradável alpendre, onde o frondoso abacateiro do jardim dos fundos proporcionava sombra e frescor. Entre refrescos, bolos e biscoitinhos preparados e servidos por dona Filô, mãe de Zeca, o assunto quase sempre se voltava para a defesa do liberalismo e do intervencionismo.

Quando o dia escurecia, dona Filô, sorridente e com os cabelos puxados por um coque já frouxo, vinha com café e pães de queijo quentinhos e não raro encontrava os correligionários do marido bradando alto seus discursos antigetulistas. Eram momentos de descontração, de amizade e de segurança.

Em 1962, João Goulart, o Jango, sucedeu a Carlos Lacerda na presidência. No entanto, dois anos depois foi deposto pelos militares.

A partir daí, uma nuvem de tristeza invadiu a casa do Sr. Carlos. Para poupar o filho mais velho das retaliações dos militares para com os membros da UDN, ele conseguiu uma bolsa integral para Zeca na Universidade de Coimbra (Milton, pai de Mercedes, era o caçula da família. Temporão, o menino loirinho e bochechudo, nessa fase estava às voltas com sua primeira dentição).

Foram dias e dias de brigas, Zeca não queria deixar o Brasil, o irmão, os colegas, a namoradinha. Não teve jeito, seu destino estava traçado. Sentindo-se traído e abandonado por todos, arrumou as malas e jamais colocou os pés em sua terra natal, nem na morte do pai.

Considerando-se português e não brasileiro, Zeca nem imagina o que aconteceu no país durante os cinquenta e sete anos em que se manteve afastado. Fazendo questão de não ter contato algum com a família — o que deixou o pai ainda mais deprimido — e com os amigos que aqui deixou, ele não soube da rápida retomada do Brasil.

Pouco tempo após a morte do Sr. Carlos, o astuto e articulado Jango deu um golpe de Estado, afastando definitivamente os revolucionários.

De nada adiantou o governo militar assegurar à nação que eles poderiam salvar a pátria de se tornar mais um país-satélite da União Soviética. Jango conseguiu que o Congresso aprovasse um pacote de reformas de base, como a agrária e a educacional, o que se mostrou de grande êxito, pois alavancou o desenvolvimento do país.

De volta ao poder, Jango investiu na criação de uma indústria nacionalista e protecionista. Dessa forma, manteve os investimentos no Brasil e evitou o uso de mão de obra barata.

Com a reforma educacional, Jango garantiu um índice de analfabetismo baixíssimo, assim como universidades públicas com acesso a investimentos sérios em pesquisas de ponta. Não é à toa que hoje estamos na vanguarda das descobertas científicas.

Sim, o velho Zeca vai encontrar um Brasil próspero, bem diferente daquele que ele deixou em 1964. Não existem mais cidades miseráveis por aqui e a agricultura, ajudada pela maior luminosidade gerada pelos dois sóis, tem sido generosa, distribuindo alimentos saudáveis para todos os brasileiros. Quanto à economia, não há do que se queixar, com grandes figuras empenhadas em manter tal desenvolvimento, entre eles o economista João Pedro Stédile.

...

Fortes chuvas obrigaram o cargueiro onde Zeca viaja a desviar para o Porto de Pecém, que fica cerca de cinquenta quilômetros de Fortaleza, capital do Ceará. A mudança de rota gerou atrito a bordo, pois acrescentará alguns dias de navegação. Enquanto o comandante acertava detalhes de como os passageiros pagantes seriam transladados para Santos após o desembarque no Nordeste, o navio começou a balançar com muita violência.

Vidros trincaram, móveis foram arremessados de um lado para o outro, faíscas se viam em todos os pontos de luz, água salgada se alastrou pelo piso. Manter-se de pé era quase impossível.

De repente, um grito vindo do convés alertou: "Uma onda gigantesca se aproxima rapidamente de nós. Peguem seus coletes salva-vidas e se dirijam agora mesmo aos postos de segurança." O som estridente da sirene ainda invadia a embarcação quando um vagalhão de 120 quilômetros de comprimento varreu para sempre o cargueiro.

As mais de 200 pessoas a bordo jamais poderiam imaginar que seriam vítimas fatais do primeiro tsunami no Brasil. Tudo aconteceu devido à erupção do vulcão Cumbre Vieja, no arquipélago das Ilhas Canárias. Por isso, 500 quilômetros cúbicos de terra foram jogados ao mar, produzindo uma energia fenomenal, a qual, numa velocidade de 720 km/h, destruiu várias ilhas do Caribe, a Flórida e a Geórgia, nos Estados Unidos, além de inúmeros municípios do Norte e Nordeste brasileiro.

Depois de 550 mil anos sem atividade, o Cumbre Vieja, com seus imponentes 1949 metros de altitude, ressuscitou e como o Brasil não tem sistema de alarme de tsunami, pegou todo mundo de surpresa. Não foi possível detectar as ondas apocalípticas, que nos atingiram com intervalos de apenas dez minutos entre cada uma, avançando dez quilômetros território adentro.

Quase todas as cidades baixas foram atingidas. Belém, capital do Pará, por exemplo, teve toda sua orla, onde inclusive ficava o famoso Mercado Ver-O-Peso, coberta de água. O mesmo aconteceu com as belas dunas de Jericoacoara, no Ceará. Já em Fernando de Noronha, foram os corais que pereceram. Com essa modificação do ecossistema, as previsões são terríveis: dezenas de espécies deverão desaparecer, entre elas os golfinhos, símbolo do local.

A catástrofe amedrontou o mundo inteiro, fazendo com que o número de pedidos para residência em Marte triplicasse. A indústria espacial alemã corre contra o tempo para conseguir uma tecnologia que lhe permita criar espaçonaves que possam chegar ao planeta vermelho, mesmo com a velocidade da luz sendo menor que a do som, fenômeno que continua acontecendo na Terra.

Mercedes também ficou chocada com a notícia, mas jamais descobrirá que entre os mortos do tsunami está seu tio. Afinal, a ideia de Zeca era surpreender a sobrinha, com a qual não se comunicava há muitos anos.

Dias depois da tragédia do tsunami, os sete milhões e meio de quilômetros quadrados da Amazônia começaram a apresentar um acelerado processo de deterioração.

É importante lembrar que o desmatamento criminoso na região vem acontecendo há tempos, desde que homens e mulheres com força descomunal derrubam com as próprias mãos árvores enormes para comercializar a madeira. Esses humanos, oriundos de regiões do planeta com baixa força de gravidade, vinham imigrando para a Amazônia sistematicamente, causando graves problemas à floresta.

Agora, agravado pelas consequências do tsunami, estamos cada vez mais perto de perder 30% da biodiversidade mundial, uma vez que as trinta mil espécies de plantas amazônicas, das quarenta mil existentes na Terra, estão prestes a morrer. O mesmo tende a acontecer com as pelo menos mil espécies de aves e centenas de espécies de peixes.

O governo brasileiro está se mobilizando para frear a destruição da floresta, pois se isso ocorrer, as partículas que atuam na condensação das nuvens serão afetadas, diminuindo a precipitação e assim causando falta de chuva em todo país. O cerrado, inclusive, começa a sentir os efeitos da estiagem com a grande incidência de focos de incêndio e o Pantanal vem secando de forma alarmante. Institutos de preservação da planície pantaneira anteveem um cenário de desertificação para esse importante bioma, de rica biodiversidade, caso tal impacto ambiental perdure.

A queima e o apodrecimento da madeira na região amazônica também estão produzindo muita emissão de gás carbônico, aumentando o efeito estufa. Os primeiros sintomas disso podem ser vistos no derretimento de gelo nos polos, o qual está causando a diminuição da salinidade da água no norte do oceano Atlântico e, como consequência, afetando a distribuição de calor pela Terra.

Como esse fato compromete o clima no mundo todo, vários países se dispuseram a ajudar nas ações contra o desmatamento. Entre eles, a Inglaterra, que vem sofrendo com nevascas, a exemplo da que aconteceu nos últimos dias, quando uma tempestade levou neve e ventos fortes que derrubaram inúmeros cabos de energia e bloquearam mais da metade das estradas.

Indonésia e Bangladesh, vítimas de tufões frequentes, engrossam o cordão de auxílio na catástrofe ambiental amazônica.

Nas partes sul e leste da Amazônia, a falta de chuva tem gerado uma vegetação de savana, formada por árvores retorcidas e gramíneas onde antes havia uma mata verde exuberante. Esse solo arenoso começa a invadir também os rios, assoreando as águas e interrompendo os cursos.

Sem receber nutrientes dos rios, o oceano Atlântico, que banha toda a costa da América do Sul, em breve terá uma queda drástica na população de peixes e crustáceos.

Com o comprometimento dos rios amazônicos, pesquisas indicam que haverá diminuição de água nos rios brasileiros de forma geral, acarretando danos à produtividade das hidrelétricas. Uma delas é a de Tucuruí, localizada no rio Tocantins, no Pará. Possuindo capacidade geradora instalada de 8.370 MW, esta central hidroelétrica está prestes a parar de funcionar. Para evitar que o problema gere um colapso econômico na região, outras fontes de energia, como gás natural e usinas nucleares, estão sendo exploradas.

Aves migratórias também diminuem cada vez mais. Como elas não encontram os antigos pontos de pouso na Amazônia para descansarem de sua jornada entre os hemisférios norte e sul, as pobrezinhas morrem de exaustão pelo caminho. Uma grande força-tarefa vem se empenhando para não deixar os sabiás, os maçaricos e as gaivotas, comuns por ali, entrarem em extinção.

A mesma preocupação se estende aos mamíferos, como a onça-pintada, o tatu-canastra e a anta.

Talvez a salvação da floresta venha de uma causa natural. Isto porque, devido ao desmatamento, insetos transmissores de doenças têm se proliferado nas áreas devastadas.

Um grande número desses seres humanos de força descomunal está com a doença de Chagas, transmitida pelo barbeiro. Enfermos, com os sintomas clássicos do mal (febre, falta de apetite e inchaços localizados em várias partes do corpo), eles não têm mais condições físicas de prosseguir trabalhando. Por isso, sua atividade predatória está em queda.

Apesar da desaceleração no desmatamento, o clima de deserto que se espalha pela Amazônia tem provocado grandes incêndios nas áreas mais secas. A fim de conter as chamas, um exército de homens voadores foi formado (finalmente encontraram uma utilidade para eles). Voando a 200 metros de altitude, eles jogam todos os dias toneladas de água sobre as queimadas.

Mesmo assim, os esforços, além de dispendiosos, não estão dando conta do recado. Diante de tamanha impotência para preservar em pé a maior floresta tropical do mundo e das investidas constantes dos nazistas para tomar o Norte do país, o Estado tem como certa a venda total ou parcial da Amazônia para um consórcio de empresas. Dessa forma, a Região Norte deverá ser retirada de nosso mapa.

A perda de território compensa. Afinal, tirará 40% do tamanho do Brasil, mas apenas 5% do PIB. Será um bom negócio: apenas com as reservas minerais, iremos arrecadar pelo menos quinze trilhões de dólares, sem falar nos cinco trilhões de dólares em madeira sustentável, pronta para ser cortada, vendida e replantada.

Também devemos lucrar com a exportação da vazão do rio Amazonas. Nos cálculos do governo, as empresas interessadas podem vender por dez centavos de dólar o litro de água doce, o que irá gerar a elas mais de US$ 400 bilhões anuais. E nossa riqueza não para por aí.

A descoberta de uma planta amazônica que pode curar o câncer tem causado furor na indústria farmacêutica. Seu nome é avelós (*Euphorbia tirucalli*). Ao que tudo indica, ela age nas células do câncer induzindo a apoptose — uma espécie de suicídio celular.

Grandes laboratórios já fizeram propostas tentadoras para comprar os direitos de pesquisa e de comercialização do remédio. Não é para menos; um medicamento como esse pode render cinquenta trilhões de dólares a quem o descobrir.

Caso a venda da região Amazônica aconteça, é bem provável que Sul e Sudeste brasileiros se isolem também, formando um país com PIB de US$ 1,2 trilhão. Os demais estados, juntos, terão um PIB de US$ 500 bilhões. Enfim, as negociações da Amazônia seguem a todo vapor.

...

Agosto de 2021 está sendo considerado o pior período da história do Brasil. O mês nem acabou e outra catástrofe, considerada quase impossível de acontecer, ocorreu. Provavelmente reflexo do tsunami.

O núcleo de um reator de uma das usinas nucleares de Angra dos Reis se fundiu, provocando um aquecimento rápido que levou à liberação de gases radioativos. A princípio, os gases ficaram retidos em um envoltório de contenção, porém, um vazamento de radiação para fora da usina foi detectado.

As quatro Zonas de Planejamento de Emergência estão em alerta. A primeira, que fica a três quilômetros da usina, teve seus 300 moradores, a maioria neandertais, realocados para a segunda área, com quinze mil habitantes. Todos foram transportados por ônibus da Eletronuclear para abrigos em escolas municipais e estaduais.

Pescadores resgatados em alto mar pela Marinha seguiram em seus barcos para o Colégio Naval de Angra dos Reis, onde devem permanecer até a normalização do problema.

As condições de segurança das usinas estão sendo rapidamente revistas, pois teme-se que o gás radioativo se disperse, podendo alcançar uma faixa de até 50 quilômetros, atingindo os municípios de Abraão, Cunhambebe, Jacuecanga, Mambucaba e Praia de Araçatiba, com sérios prejuízos ambientais e econômicos.

A indústria turística local apresenta reflexos do acidente. Quase todos os seus 600 mil visitantes anuais cancelaram hotéis e passeios por lá. Os pescadores neandertais também estão apreensivos. Estima-se que a radiação poderá exterminar mexilhões, ostras, vieiras, sardinhas e camarões, sua fonte principal de renda.

Enquanto isso, a natureza tem ajudado. Os ventos estão soprando o gás radioativo para o mar, longe da população. Se assim continuar, os gases devem chegar no máximo até a quarta Zona de Planejamento de Emergência, localizada a 15 quilômetros da usina. Que a solução chegue logo, seja pelo homem ou pela natureza.

Mercedes atribui tanta desgraça ao asteroide colossal que caiu três meses atrás na península de Yucatán, no México. "É certo que, graças a ele, a Terra voltou a girar no sentido certo, mas depois de sua queda parece que as pessoas e o meio ambiente enlouqueceram", desabafa com a amiga Rita, enquanto ambas caminham até seus carros estacionados na garagem da empresa.

Talvez ela esteja certa. Afinal, em meio ao caos que o país vive, ainda tem gente brigando para que se transfira a capital do Rio de Janeiro para a cidade de Planaltina, no Centro-Oeste. Inclusive, até escolheram o nome da nova capital: Brasília. A grande porta-voz desta ideia é a candidata de direita à presidência, a atriz Regina Duarte, de 74 anos.

Segundo ela, isso traria maior desenvolvimento ao interior do país. Afirmativa categoricamente contestada por seu oponente, o candidato de esquerda, também ator, Antônio Fagundes, de 72 anos.

Em seu último comício, Fagundes rebateu a opinião de Regina dizendo que o que faz o Centro-Oeste crescer é a expansão da soja e da carne. "Goiânia e Anápolis são a maior prova dessa riqueza", gritava ele.

Fato é que se todos os órgãos e empresas públicas se mudarem para essa tal Brasília, o Rio de Janeiro perderá uma parte substancial do PIB, o qual hoje apenas fica atrás de São Paulo. Além disso, a corrupção poderá crescer muito, uma vez que os poderes se concentrarão numa cidade bem menor e afastada de outros centros urbanos.

— Sou contra a mudança da capital — esbraveja Mercedes.
— E essa onda de artista político é ridícula. Eu não voto em nenhum deles — termina ela, irritada, a conversa com Rita, arrancando com seu Fiat Uno.

Rita, por sua vez, está mais preocupada com a possibilidade de que esses fenômenos extremos da natureza transformem o Brasil num Paraguai, que hoje não passa de uma região selvagem e inóspita, devido à escassez de alimentos e frio intenso. Mas concorda com a amiga que gente da televisão e do teatro não deve se meter em política.

Dirigindo seu Citroën C3, ela lembra o fiasco que foi o mandato do apresentador Silvio Santos na presidência. Eleito em 1989, pelo Partido Municipalista Brasileiro, ele teve como vice o ex-deputado federal Marcondes Gadelha e como porta-voz presidencial nada menos do que o locutor Luiz Lombardi Netto.

Considerado um populista de centro, Silvio focou sua atenção nas questões sociais, deixando todo o resto do governo para Gadelha, que acabou assumindo incumbências de primeiro-ministro. Enquanto presidente, o dono do SBT (Sistema Brasileiro de Televisão) nunca se envolveu nos acordos com o Congresso nem definiu regras para a política econômica.

Silvio até teve boas ideias para melhorar a saúde e a educação. No entanto, seu grande projeto foi construir milhares de casas próprias. Ele viajava pelo país para instituir sua política habitacional, chamada *Minha Casa, Minha Vida do Baú*.

Por outro lado, a falta de um plano para vencer a inflação desagradava os brasileiros. Ele vivia afirmando que sua maior preocupação era reduzir a inflação e aumentar o salário mínimo — duas medidas claramente antagônicas. Assim, sem conseguir aplicar um plano econômico gradual, sua popularidade foi caindo.

Silvio não era um estadista, o que fez o Brasil amargar durante todo seu mandato solavancos tremendos, até resultar numa grave crise. Para tentar remediar, ele adotou a fórmula errática de gerenciamento de seu canal de TV, o SBT. Por meio de um método de gestão intuitivo, mudava ministros e projetos com uma frequência impressionante. Dois anos depois de eleito, renunciou, para fugir do processo de impeachment.

— Deus nos livre de ter outro presidente do nível do Silvio Santos. Só de imaginar, me arrepio — pensou Rita, já em casa.

Seja devido à política ou às catástrofes ambientais, a verdade é que magnatas e milionários brasileiros estão investindo cada vez mais em habitações nas profundezas dos oceanos, próximas às fendas que expelem calor. Único lugar, como sabemos, seguro para viver longe das alterações climáticas e sociais.

Receoso de perder uma população tão significativa para a economia e aproveitando o momento da quase certa venda da Amazônia, o governo paulista voltou a defender a possibilidade de se separar do Brasil.

De acordo com sua assessoria, São Paulo é hoje de fato um grande país, ultrapassando 44 milhões de habitantes num território de 248 mil quilômetros quadrados. "Independentes, teríamos R$ 200 bilhões a mais por ano para gastar com a gente. Tal montante elevaria os padrões de educação, saneamento e saúde", argumenta o governador.

Mas nem tudo são flores. Os demais estados já deixaram claro que se São Paulo se desligar do Brasil, serão levantadas barreiras alfandegárias, péssima notícia para a indústria paulista, pois vender seus produtos ficará bem difícil.

Outro grande impasse é sobre o petróleo. Um quarto das jazidas mais promissoras do pré-sal fica em águas paulistas, porém a maior parte está no litoral fluminense. Numa eventual independência de São Paulo, a briga por esse recurso natural será ferrenha.

Para Mercedes, apenas um fato desabona totalmente a separação de São Paulo do Brasil: "Paulista é carnívoro por natureza. Só aqui na capital existem cerca de 500 churrascarias. Para manter nosso sagrado churrasco de fim de semana, teríamos que importar mais de 1 milhão de cabeças de gado. Não vai dar certo".

Verdade, a República de São Paulo sairia na frente apenas na exportação de derivados de cana, milho e de frutas, principalmente laranja. Por outro lado, Neymar, nascido em Mogi das Cruzes, estaria garantido em nossa seleção de futebol. Mas será que isso é bom? Afinal, todo mundo sabe que ele está perdendo fôlego na corrida entre os melhores jogadores do mundo.

• • •

E assim, poucos dias antes deste fatídico agosto terminar o Brasil foi chacoalhado por uma guerra civil. O motivo: petróleo. Com a possibilidade da independência de São Paulo e da escassez do valioso "ouro negro", a discussão sobre sua exploração foi se tornando acalorada.

Estados que têm e que não têm petróleo entraram em conflito, o que causou descontentamento na comunidade internacional e a ameaça de sanções econômicas ao Brasil. Obedecendo ao governo federal, o Exército tomou as ruas para conter a desordem. Com poucos homens, a maioria voluntários e mercenários, as tropas de rebeldes lutaram o máximo que puderam.

Táticas de guerrilha e até terroristas foram empregadas pela resistência para invadir a capital Rio de Janeiro, o que causou muitas mortes. Felizmente, em três dias o governo central derrotou os revoltosos. Agora, investiga-se quem os armou. Tudo leva a crer que a Alemanha nazista, com seus infiltrados nos sindicatos, esteja por trás do golpe.

Maio de 2022

Quase um ano após o pior mês de agosto de nossa história, não só o Brasil, mas o mundo, vive um momento de calmaria. A Alemanha nazista está em pleno declínio, desde que o Afeganistão conseguiu se libertar de suas amarras, graças ao apoio dos Estados Unidos.

Com isso, o Oriente Médio e seu gigantesco suprimento de petróleo voltaram a ficar em segurança. Para se ter uma ideia, só o Golfo Pérsico e a Mesopotâmia sozinhos possuem cerca de 60% de toda reserva do planeta.

Usufruindo dos benefícios da paz, inúmeros países celebram hoje a unificação de seu sistema de defesa. Mais do que o combate ao nazismo, a cooperação mútua internacional resultou de outras questões importantes, como o aquecimento global. Claro que nem todos estão de acordo. A Coreia do Norte, por exemplo, continua com suas ameaças a vários governos.

Mercedes, Plínio e Rita se juntaram a milhares de brasileiros nas comemorações que salpicam em todo lugar, aplaudindo a criação do Estado Mundial. Sob o comando de um parlamento, composto por deputados em número proporcional à população de cada país, este novo governo único é regido por uma Constituição Mundial mínima, respeitando os interesses locais e as diferenças culturais. Um avanço e tanto para a humanidade.

Respondendo a uma única autoridade, representada por todos os países, militares do mundo inteiro acreditam numa paz duradoura. Afinal, qualquer guerra precisará ser aprovada pelo parlamento mundial. De norte a sul do planeta, o clima hoje é de euforia e alívio, como se uma luz acendesse a esperança por dias melhores nos corações dos homens.

Infelizmente, levou pouco tempo para o mundo perceber que o Estado Mundial não era tão poderoso quanto se supunha. Por trás da cortina de paz, a Alemanha (agora menos nazista), se agregou à Dinamarca e à Finlândia, países próximos e ricos como ela, e reinstituiu o marco. A união monetária do Norte foi um golpe fatal ao euro e desencadeou o fim da União Europeia.

Da noite para o dia, o marco se tornou a moeda forte no mundo todo, superando o dólar e a libra. Com o colapso da moeda única europeia, os países que mais se beneficiaram com o euro (Irlanda, Itália, Grécia e Espanha) veem suas economias empobrecer. Endividados, os gregos, por exemplo, temem que grupos radicais tentem tomar o poder, e os espanhóis preveem barreiras mais duras para viajar.

O medo do fim da livre circulação de cidadãos entre os países-membros da UE também tem feito os portugueses migrarem em massa para o Brasil, onde encontram vagas de emprego melhores do que em seus vizinhos menos afetados pela crise. De maneira geral, boa parte da Europa começa a patinar no caos.

Da Turquia, o Papa Francisco, imperador do Império Romano do Oriente, tentou apaziguar os ânimos, pedindo calma e disposição aos governantes para frear o colapso do euro. Mas não teve jeito. Sem uma moeda única, os países europeus se separaram. Não há mais interesses em projetos comuns, e assim, o Estado Mundial pode perder sentido.

Para Mercedes, no entanto, as notícias não poderiam ser melhores. Com toda essa confusão, viajar ao Mediterrâneo ficou uma pechincha para brasileiros. "No ano passado, por causa de tanta desgraça no Brasil, acabei desistindo de comemorar meu aniversário em Cuba", lembra ela. "Esse ano ninguém me segura por aqui. Vamos juntos, Plínio. O que você prefere, o Gran Meliá Palacio de Isora, na Espanha, ou o Hotel Santa Caterina, no sul da Itália?" Plínio gostou da proposta e, servindo um vinho e queijos franceses que comprou baratinho devido à desvalorização do franco, celebra com a amiga sua próxima viagem.

• • •

O e-mail de Aleida Guevara chegou poucos dias depois. Em tom de tristeza, a amiga cubana de Mercedes lhe contou sobre a terrível escassez de água que seu país vem sofrendo.

Até a Rússia desistiu de instalar uma base militar aqui. Com pouca água potável, estamos proibidos de tomar banho todo dia, no máximo duas vezes por semana. Quem não obedece, tem o abastecimento interrompido. Uma loucura. Ontem, fui no mercado e não tinha carne para vender, pois a água que resta está sendo reservada para os humanos. O gado está morrendo de sede.

O que me deixa mais furiosa é que os Estados Unidos sabem há muito tempo que, no máximo até 2050, toda a água potável do mundo irá acabar. E o que eles fizeram pelo seu estado cubano? Nada! No entanto, para os americanos, a dessalinização é uma realidade. A desculpa é que esse é um processo oneroso e Cuba não teria como pagar por uma água de valor elevado. Eles nos pedem para racionar ao máximo, pois afirmam que a solução está por vir.

O que se sabe é que empresas privadas dos Estados Unidos estão prontas para ir ao espaço buscar água em asteroides e nas calotas polares de Marte. Só que nós, minha querida Mercedes, estamos no limite. Desculpe o desabafo, mas não é fácil ficar o dia inteiro sem ter o que beber.

E aí no Brasil, como anda a vida? Alina e eu ficamos tristes por não te ver no ano passado. Tínhamos feito mil planos para alegrar seu aniversário de meio século. Hahaha, brincadeira, a idade não te afeta. Espero que esteja tudo bem com você. Grande beijo.

Sob as pás giratórias do ventilador de teto, refrescando-se da onda de calor fora de época, Mercedes ficou aflita pela amiga. Aqui, a falta de água potável é sentida também, mas ainda está longe de ser uma calamidade pública. A região mais prejudicada é a Centro-Oeste. Sem água suficiente, ela não está conseguindo manter a produção de grãos. Plantações inteiras de soja, milho e algodão estão à mingua, comprometendo a safra deste ano.

Sentada em frente ao computador, Mercedes tentou uma chamada por vídeo para Aleida. Ninguém atendeu. Então, ela escreveu um e-mail resposta:

> Amada, que dor senti ao ler sua mensagem. Nossa, nem consigo imaginar a magnitude de seu sofrimento! Vou tentar enviar algumas garrafas de água mineral para você e para a Alina, mas não sei se receberão. Com certeza serão consumidas assim que desembarcarem aí.
>
> Nós, brasileiros, também estamos preocupados com a escassez de água potável. Aqui em São Paulo, para não comprometer o abastecimento de arroz, feijão, soja, milho e outros grãos, estamos recebendo água da cidade litorânea de Santos, que há muito investiu em dessalinização. O governo federal está gastando fortunas para tornar a urina potável, assim como em tecnologias para purificar o esgoto e para transformar a água de reúso própria para cozinhar e beber. No entanto, nossa situação é confortável pe-

rante o mundo. Afinal, temos aos nossos pés o aquífero Guarani, maior fonte de água subterrânea do planeta. Essa imensa reserva de água doce abrange partes dos territórios do Uruguai, Argentina, Paraguai e, principalmente, Brasil. Sob nosso solo, ela ocupa 840.000 km².

Peço a Deus que a disputa por água não vire motivo de guerras. Você se queixou da falta de interesse dos EUA em dessalinizar a água do mar de Cuba. Quer saber, acho melhor assim. Por causa desse processo, muitas regiões costeiras estão com a vida marítima ameaçada. Isso seria péssimo para as praias maravilhosas que vocês têm. Imagina tornar impróprios paraísos como Varadero, Playa Guardalavaca e Cayo Guillermo.

O que as grandes potências mundiais precisam fazer com urgência é preservar as últimas geleiras que ainda não foram afetadas pelo aquecimento global. Porque, uma coisa é certa, querida, se estas derreterem, não vai demorar para que suas águas virem vapor. Por sinal, você soube que no Grande Deserto Indiano estão testando máquinas coletoras de ar, que extraem a água da atmosfera? Dizem que está dando certo, mas se sabe que essas máquinas só poderão ser instaladas longe dos centros urbanos, pois causam problemas pulmonares e desertificação. Escrevo tudo isso para você saber que muitos estudos estão sendo feitos para aplacar a sede do mundo. Tenho certeza de que em breve Cuba irá se beneficiar dessas novas tecnologias.

Fique em paz, amiga amada, e não esqueça: minha casa estará sempre de portas abertas para você e para Alina. Um beijo enorme.

O sofrimento de Aleida fez Mercedes lembrar dos seus amigos maias. "Como será que eles estão na Guatemala?", pensou ela. Para encurtar a ansiedade, resolveu telefonar:

— Luis Alfredo, meu querido, é a Mercedes.

— Mercedes, você está por aqui?

— Não, estou falando do Brasil. É que fiquei preocupada com vocês por causa da falta de água doce que está assolando vários países. Está tudo bem por aí?

— Sim, estamos confiantes. Temos que fazer racionamento de água, mas a situação está sob controle.

— Que bom saber, Luis.

— Por aqui, estamos preocupados com o fim de nosso estoque abundante de petróleo. Está ficando cada vez mais difícil a extração e isso começa a refletir na economia do país.

— Acredito. Por ser um combustível fóssil, o que está acontecendo aí vai ocorrer no mundo todo. Afinal, as reservas atuais de petróleo estão acabando.

— Nossa esperança é que se agilize a substituição do petróleo por outras fontes de energia. Muitas de nossas indústrias, por sinal, já estão operando à base de biomassa e energia nuclear.

— Com certeza, a saída é encontrar alternativas. No Brasil, as mudanças também começaram. Onde antes se usava petróleo para gerar energia, agora se utiliza hidrogênio ou energia solar e eólica.

— Mas, quer saber, minha querida, o problema maior é como substituir os derivados da indústria petroquímica.

— Tem razão, Luis. Quase tudo que usamos no dia a dia é de plástico, que é feito de petróleo.

— Vamos ter fé na tecnologia, Mercedes. As pesquisas com cana-de-açúcar e milho como matérias-primas substitutas estão bem adiantadas. Acredito que virão daí as melhores alternativas.

— É isso aí, não vamos perder a esperança. Quando é que você e a Milvian vêm me visitar?

— Humm! Agora está difícil. Com a falta de combustível, viajar de avião e até de carro, só mesmo se for urgente. Mas visitar uma amiga brasileira é muito importante, não é?

E assim, ambos terminaram brincando o telefonema.

...

Só de calcinha e sutiã, por causa do calor, como Mercedes queria agora acender um cigarro para relaxar! Mas o último maço de Marlboro, ela esvaziou no vaso sanitário, influenciada por seu grupo de ajuda para deixar o vício.

Na verdade, se pudesse escolher, Mercedes continuaria fumando, mas a proibição mundial do tabaco a fez dar fim ao que ela sempre considerou um prazer merecido. Além disso, a ilegalidade impulsionou um mercado paralelo, que fatura fortunas em cima dos desesperados fumantes clandestinos.

Entre pagar mais caro por um produto duvidoso e lutar contra a dependência da nicotina, ela ficou com a segunda opção. Por isso, há meses, vem participando de reuniões oferecidas gratuitamente em centros de atendimento aos dependentes. A batalha é dura, mas vale a pena. Mercedes morre de medo de ser abordada por policiais, que circulam dia e noite nas ruas fiscalizando o consumo e reprimindo o tráfico.

Os primeiros órgãos de repressão foram criados na Grande Síria. Os quatro países que a compõem — Síria, Líbano, Israel e Jordânia — investiram pesado no esfacelamento dos fabricantes e na caça aos traficantes, que tentam ganhar dinheiro com o produto proibido. O sucesso da operação inspirou outros governos e logo o tabaco tornou-se ilegal na maior parte do mundo.

Apesar do mercado negro do cigarro ter contribuído com o aumento da violência nas cidades e no campo, a ONU e a OMS aprovam a declaração de guerra à poderosa indústria do fumo. Mesmo com as empresas alegando que a proibição está criando legiões de desempregados, a redução drástica do número de doenças relacionadas ao tabaco, entre as quais a hipertensão, o infarto, a angina e o derrame, tem compensado a perda de postos de trabalho.

69

Há dois meses sem tragar, Mercedes ainda luta com o vício, mas sabe que está no caminho certo.

O outono terminou, o inverno começou e com ele também chegou o período de férias escolares. Quem não gostou nada foi Rita, que não conseguiu de jeito nenhum tirar folga do trabalho. Mãe de dois adolescentes, Paschoal, de onze, e Pedro, de catorze anos, viúva, filha única e com pais e sogros bastante idosos, ela não sabe o que fazer com os meninos.

A grana está curta para pagar um curso de férias, deixá-los sozinhos em casa é arriscado e ela não conhece ninguém de confiança para ficar com eles. De repente, Rita lembrou de Plínio. "Será?", pensou ela.

Depois de ter sido dispensado do trabalho em Marte, Plínio anda sem vontade de procurar outro emprego. A herança que seus pais deixaram tem sido suficiente para viver com certo conforto. Então, ele vai levando a vida sem compromisso.

A proposta de Rita para ele cuidar dos garotos enquanto ela está no escritório o pegou de surpresa: "São vinte dias. Eu os deixo de manhã na sua casa e venho buscá-los no final da tarde. Ah, e você nem precisa se preocupar com a comida. Eu mando o almoço para os três, é só esquentar e servir."

Plínio gosta muito de Rita, mas os pirralhos dela lhe dão nos nervos. "Se minha irmã me ajudar, eu topo", argumentou ele. "Vou tentar falar com ela, porque você sabe, né? Depois que Odete casou com aquele tipo neandertal, eu a vi somente quando meu sobrinho nasceu."

Enfim, Odete topou ajudar, e os meninos até que passaram dias bem divertidos na companhia de Plínio. Além de muitas tardes de disputas de videogame, Paschoal e Pedro andaram de bicicleta pelo Parque do Ibirapuera, assistiram no cinema à estreia do filme *Avatar: O Caminho da Água* e se esbaldaram numa pista de kart para principiantes.

O problema é que o ensino no Brasil está querendo adotar o que vem dando bons resultados no Oriente Médio. Lá, os judeus e as populações islâmicas concordaram em fechar todas as escolas. Agora, o aprendizado se dá por meio da internet. Iniciativas, como a Wikipédia, se proliferaram, transformando-se no maior banco de conhecimento do mundo. Para garantir mão de obra qualificada, todas as empresas foram convidadas a dar formação a seus próprios funcionários. São as chamadas universidades corporativas. As companhias que aderem ao programa ganham isenção de impostos para manter os cursos.

As primeiras turmas se graduaram, e alguns funcionários passaram a ensinar seus futuros colegas, graças aos bons salários oferecidos àqueles que se dispõem a se dedicar apenas à educação.

Só que os filhos de Rita ainda não têm idade para trabalhar, então teriam que aprender em casa, pelo computador. Plínio deixou claro para a amiga: "Gostei da experiência de ficar com seus meninos. Mas nas férias, nada mais. Não conte comigo caso você precise de alguém o ano inteiro."

Rita reza todos os dias, pedindo a Deus que as escolas continuem a existir como sempre foram. Mas, no fundo, ela sabe: a migração do estudo presencial para o aprendizado pela internet é uma realidade que está batendo às portas por aqui.

"Melhor começar a me garantir o quanto antes", pensou. "Não tem jeito, para contratar uma boa governanta para meus filhos, terei de vender meu conjunto de brincos, colar e pulseira de platina, que ganhei de meu falecido marido no dia de nosso casamento."

Desde que as reservas de ouro diminuíram em todo o planeta, a platina tornou-se um metal disputado no mundo. Tanto, que até as medalhas de ouro dos Jogos Olímpicos foram substituídas pelas de platina.

Sem mais delongas, Rita ligou para a única pessoa com cacife para comprar as joias: seu ex-chefe, o americano James Minnette. Ela deu sorte, o homem estava em seus melhores dias, comemorando com a família e os amigos a tão aguardada unificação dos Estados Unidos da América com os Estados Confederados do Sul.

"Hi, dear friend, como está você? Em que posso ajudá-la nesta data especial?", perguntou James em seu sotaque carregadíssimo. Rita explicou sua necessidade, confessou que ainda não havia feito uma avaliação das peças, mas queria saber se ele tinha interesse em comprá-las. Sim, o americano gostaria de adquirir o conjunto, mas precisava ser rápido, pois com a nova situação de seu país, ele pretendia voltar a morar lá em breve. "Ok", disse Rita. "Amanhã mesmo vou a um joalheiro e depois te aviso o valor. Muitíssimo obrigada, chefe."

...

No dia seguinte, nas primeiras horas da manhã, Rita já estava dando partida em seu novo carro elétrico, um Caoa Chery iCar. Antes de ir à joalheria, porém, ela precisava passar num posto de troca de bateria para deixar a sua recarregando lá e seguir caminho com uma nova.

Essa perda de tempo é um dos pontos negativos em se ter um carro elétrico, mas vale a pena. O ar e o silêncio da cidade melhoraram muito depois que praticamente todos os veículos com motor convencional foram substituídos pelos elétricos. Além disso, nos tornamos menos dependentes de petróleo, o que deixou a economia brasileira menos turbulenta.

Por Rita, o mundo inteiro deveria abolir os veículos a gasolina, álcool ou diesel. Contudo, para fornecer quantidade de energia suficiente para abastecer toda a frota mundial de mais de um bilhão de automóveis, as usinas termelétricas, responsáveis por 40% da eletricidade do planeta, teriam que lançar cerca de três bilhões de toneladas de CO_2 por ano na atmosfera, além do que já ocorre. Conclusão, a poluição ficaria pior que a de hoje.

A boa notícia é que inúmeros países, para aumentar sua produção de energia limpa, estão construindo usinas nucleares, que não emitem CO_2. Destaque para a França, Alemanha, Hungria e Índia. Se esse ritmo continuar, em menos de dez anos o mundo produzirá 23 mil TWh de energia não poluente, o bastante para abastecer toda a frota mundial de carros elétricos e diminuir consideravelmente o ritmo do aquecimento global.

Rita estacionou em frente a joalheria que lhe foi recomendada pela irmã de Plínio. Apertou forte seu pingente de peixinho com a inscrição ictus e orou baixinho: "Jesus Cristo, filho de Deus Salvador, faça com que o Murillo não me tenha presenteado com joias falsas. Eu preciso desse dinheiro para acertar minha vida."

É bom mesmo que Rita não conte mais com a ajuda de Plínio. Ele acabou de comprar uma passagem só de ida para Vênus, num dos foguetes de pequeno porte que a Nasa desenvolveu.

O embarque será daqui a quatro meses, tempo suficiente para ele aprender sobre a vida venusiana. O que o entusiasmou é que nesse planeta vizinho não existe dinheiro, a única forma de comércio é o escambo, baseada na troca de mercadorias. Tudo gira em torno do intercâmbio entre bens de primeira necessidade e fáceis de serem confeccionados.

Para manter tal sistema econômico, todos os habitantes, inclusive crianças, trabalham em serviços braçais. Construir, arar e colher são habilidades transmitidas de pai para filho. Em Vênus, a força física é muito mais valorizada que a inteligência.

Plínio sacou que, para produzir o suficiente para se manter, terá de trabalhar muitas horas, mas isso não o assusta. O que o preocupa é a violência causada por alguns terráqueos recém--chegados, que, em vez de obterem os recursos dos outros por meio da troca, preferem invadir e saquear propriedades alheias para sustentar suas famílias.

Por causa do tipo de economia, Vênus pode suportar uma população de até 300 milhões de pessoas. Como a procura aumentou devido à insegurança da vida na Terra, Plínio correu para acertar sua moradia com um dos pequenos grupos autossuficientes, que vivem nos campos férteis venusianos, o qual também lhe garantiu proteção.

Quando Mercedes soube da decisão de Plínio, riu sozinha: "O cara é um tremendo capitalista e nem sabe o que é uma enxada. Quero ver quanto tempo ele vai aguentar lá."

Enquanto Vênus tem conseguido se manter sem a circulação de papel moeda, por aqui na Terra a última novidade são as árvores de dinheiro. China e Índia, grandes produtoras de algodão, desenvolveram juntas, na surdina, uma planta híbrida, resultado do cruzamento entre a *Linun usitatissimum L.* (linho) e a *Gossypium L.* (algodoeiro).

Sementes foram plantadas há mais de uma década no deserto de Gobi, cujo clima seco é ideal para o cultivo. Graças a modernas técnicas de irrigação, em noventa dias as primeiras árvores despontaram carregadas de seu precioso fruto.

Os dois governos controlam a plantação e são os únicos donos das mudas. Sob o comando de biólogos e engenheiros agrônomos, seus Ministérios da Moeda cuidam da produção e do desenvolvimento de tecnologias de manipulação genética para gerar árvores de vários tipos, com capacidade de produzir notas de maior e menor valor.

Para se prevenir das safras ruins de dinheiro e reduzir o risco de crises, as autoridades chinesas e indianas estão estocando cédulas e restringindo o total em circulação. Com pouco papel moeda na praça, o uso de cartões de crédito e débito aumentou consideravelmente nos dois países, dificultando, assim, a vida de sonegadores e a prática da corrupção.

Por outro lado, são muitas as precauções para evitar roubos de sementes e cultivos clandestinos. Mesmo tendo as plantações centralizadas no deserto, distantes das áreas populosas, e cercadas por grades eletrificadas, foram registrados alguns saques. Entre as medidas tomadas está a construção de enormes estufas com acesso controlado.

Contrabando e falsificação também estão na mira das autoridades. Para impedir um possível dinheiro transgênico, fabricado em laboratórios tecnológicos particulares, ambos os Ministérios da Moeda passaram a imprimir número de série nas notas e fazer testes genéticos em casos de suspeita.

No entanto, sabe-se que o maior desafio está em controlar a natureza. Tanto o vento quanto passarinhos e outros animais têm espalhado sementes para fora da área oficial, o que tem forçado as autoridades a aumentar cada vez mais o perímetro de segurança ao redor e acima da plantação.

Só agora, China e Índia revelaram ao mundo sua grande invenção. Precisando de capital para pagar a enorme dívida externa do estado de Portugal, o Brasil foi um dos primeiros a fechar acordos e alianças com os dois países para compartilhar do cultivo de árvores de dinheiro.

"E não é que, até que enfim, o dinheiro vai dar em árvore", vibrou Mercedes, acendendo seu cigarro artesanal de maconha. Depois que largou a nicotina e a venda de maconha para maiores de idade foi legalizada em bares com alvará especial, ela fuma um desses pelo menos uma vez por dia.

Assim como em muitos países, a legalização das drogas no Brasil está sendo feita por etapas, começando por substâncias leves. Devidamente taxada, a maconha foi a primeira. O preço do baseado é alto, mas os usuários concordam, uma vez que o valor garante fundos para a criação de programas de recuperação de dependentes e para campanhas de conscientização e educação.

Devido à nossa posição de vanguarda nas pesquisas científicas, laboratórios brasileiros receberam permissão para trabalhar de forma experimental com o ecstasy e com o LSD para desenvolver uso medicinal para ambas as drogas.

O ecstasy, por sinal, tem se mostrado eficaz em tratamentos psicoterapêuticos. O LSD, por sua vez, está ajudando pacientes com sintomas de transtornos, como a depressão crônica.

Quanto à cocaína, cogumelos e chás alucinógenos, eles terão toda a sua produção transferida para o Estado, e a venda será controlada pelo governo.

A expectativa é grande. Apesar das restrições à propaganda de drogas, muitas empresas estão incentivando seus funcionários a usá-las, com a justificativa da melhora no rendimento do trabalho.

Mercedes deu uma longa baforada, amassou seu baseado no cestinho de lixo, pegou as pastas sobre a mesa do escritório e seguiu para a reunião de diretoria na sala ao lado.

Setembro de 2022

Após beijos e abraços, Mercedes viu o amigo Plínio embarcar em um Airbus A330 para os Estados Unidos. De lá, ele seguirá direto para Vênus. "Boa sorte, meu querido, sentirei demais sua falta. Você sempre foi meu ouvinte preferido", disse ela, assistindo a aeronave decolar, chacoalhada por fortes rajadas de vento.

Melancólica, dirigiu-se ao guichê do estacionamento do Aeroporto Internacional de Cumbica. A atendente era uma típica moradora da região, sem pelos no corpo e de voz fina.

Guarulhos, como as demais cidades brasileiras que um dia foram miseráveis, hoje goza de boa estabilidade econômica e, neste caso, o progresso está intimamente ligado à sua sociedade de sexo único. Pessoas que prosperaram em seus negócios e se fixaram na região.

Sem ainda ter uma explicação lógica para o fenômeno, fato é que a partir de meados da década de 1960 começaram a nascer neste município de São Paulo indivíduos com a capacidade de se autorreproduzir.

Com aparência feminina, este novo humano é dotado de um "nóvulo" com quarenta e seis cromossomos, o que lhe proporciona carga genética completa, dispensando um parceiro para lhe fecundar.

Desprovido de clitóris e hormônio testosterona, seu ciclo reprodutivo começa com o hipotálamo e a glândula hipófise liberando hormônios, que são levados pela corrente sanguínea até o clonário (ovário, nos seres humanos comuns). Nesse órgão, desenvolvem-se as células reprodutivas, já fecundadas assim que atingem a maturação.

Cada adulto tem capacidade para gerar um filho por ano, clones uns dos outros. No entanto, a população de Guarulhos, agora em 1.379.182 habitantes, vem decaindo. Muitos estão impedindo o ciclo gestacional por meio de medicamentos anticoncepcionais, que atuam no hipotálamo ou diretamente no clonário.

É a primeira vez que Mercedes se depara com um ser de sexo único. No físico, parece uma mulher, mas algo o diferencia. Ela bem que queria analisar melhor a cobradora, prestar atenção em seus trejeitos, ouvir melhor sua voz, no entanto, tinha mais gente na fila do estacionamento e, antes que reclamassem pela demora, pagou seu ticket e foi embora.

No carro, a caminho de casa pela Marginal Pinheiros, Mercedes queria escutar música para desanuviar sua tristeza pelas despedidas com Plínio; entretanto, um discurso inflamado de João Pedro Stédile a fez mudar de ideia.

O economista criticava veementemente as relações endogâmicas que certas famílias ricas vêm praticando nos últimos anos. "É um descalabro, irmãos e primos casarem entre si, e até pais viúvos contraírem matrimônio com a filha, para manter unidas suas fortunas. A riqueza tem que circular, rodar de mão em mão, para que todos, de acordo com suas competências, tenham acesso ao dinheiro", dizia ele ao entrevistador Roberto D'Avila.

Há tempos que o incesto deixou de ser tabu. Quando a humanidade entendeu que tal regra se tratava apenas de uma invenção cultural humana, manter relações sexuais entre parentes deixou de ser heresia. "Mas, calma lá", falou Mercedes para ela mesma, "transar com o pai apenas para assegurar que os bens da família não fiquem com herdeiros de sangue misto é, no mínimo, doentio. Que doideira, isso!"

Mudou de estação e foi curtindo a voz gostosa de Bryan Adams em "Straight from the Heart" até chegar à casa.

Quinze dias depois de sua partida, Plínio manda boas notícias de Vênus. A vida passa tranquila por lá; ele ainda está se adaptando ao trabalho rural, mas as pessoas de sua comunidade são muito simpáticas e entendem suas limitações.

Localizada às margens de um pântano, sua moradia é confortável. Assim como as demais, fica cercada por um exótico, porém gracioso, jardim. Plínio não tem do que reclamar, nem dos lagartos que, apesar da aparência monstruosa, são bichanos dóceis e fáceis de serem adestrados.

...

Por aqui na Terra, no entanto, o mundo outra vez foi surpreendido com notícias até agora inimagináveis. Um ano depois da enorme erupção do Cumbre Vieja, o arquipélago das ilhas Canárias, onde o vulcão existe há milhares de anos, começou a apresentar estranhas mutações em seus animais e vegetais.

Os biólogos classificaram o fenômeno como panmixia, quando todas as criaturas podem cruzar entre si, gerando uma prole fértil, com cargas genéticas parecidas. Após a explosão do Cumbre Vieja, os únicos sobreviventes no arquipélago foram baleias, macacos, alguns pássaros e árvores; estas espécies acasalaram, e os primeiros rebentos começaram a surgir.

Baleias voadoras e árvores-macacos compõem um cenário nunca visto. De acordo com análises feitas pelos mais renomados institutos de biociências, novas espécies não deverão surgir nas ilhas, pois a reprodução entre esses seres é fisicamente impossível. Por outro lado, o acasalamento entre os iguais deve seguir em frente.

Estima-se que, no máximo em duas décadas, baleias voadoras e árvores-macacos povoem as Canárias, proporcionando um roteiro turístico surreal. "Este é um lugar que preciso conhecer. Assim que as viagens forem permitidas, quero ser uma das primeiras a pisar lá", planejou Mercedes.

• • •

Era uma típica manhã primaveril, chuvosa, mas de temperatura agradável, quando a carta de Matheus foi entregue pelo porteiro a Mercedes. A princípio, ela estranhou: "Quem é esse?", mas quando leu todo o remetente, lembrou: "Ah, é aquele meu primo distante de Belém do Pará."

Mercedes teve pouco contato com esse lado da família materna, no entanto, sua mãe falava muito desse sobrinho, que nasceu com útero, ovário e trompa uterina. Comprovadamente do sexo masculino, Matheus tinha um belo corpo curvilíneo, seios fartos e barba densa. Vaidoso ao extremo, fazia sucesso entre as mulheres, exceto quando estava de TPM. Sim, o rapaz menstruava e vivia todos os altos e baixos trazidos pelos ciclos menstruais.

Matheus casou e teve seis filhos, mas como todo homem com progesterona em sua constituição, sempre foi descuidado com as crianças e extremamente mulherengo. A última vez que Mercedes soube dele, ele estava se divorciando da terceira esposa.

Pelas suas contas, o primo passa dos cinquenta anos e deve estar agora sentindo os sintomas tanto da menopausa como da andropausa. Mercedes abre o envelope pardo ainda no saguão do prédio e começa a ler:

Querida prima,

Espero que você esteja bem, com saúde e prosperidade. Sei que pouco contato tivemos ao longo da vida. A distância nos impediu de sermos próximos, mas, quando viva, mamãe me contava suas novidades. Sua mãe ligava pelo menos uma vez por mês para a minha, e as duas passavam um bom tempo conversando.

Sempre quis conhecer sua família, porém, desde jovem, fui trabalhar na barraca de peixe dos meus pais no Mercado Ver-O--Peso e nunca consegui tirar férias para viajar. Enfim, o tempo passou e, peço milhões de desculpas, por só agora entrar em contato com você.

Depois que meus pais faleceram, eu assumi os negócios. Graças a Deus, as vendas iam de vento em popa; consegui dobrar a clientela e modernizar a banca. Mas, como você deve saber, o tsunami do ano passado destruiu o Ver-O-Peso. Devido às reformas que fiz no box, a tragédia me pegou totalmente descapitalizado.

O pouco dinheiro que restava foi todo destinado aos fornecedores, ao salário dos empregados e à pensão dos meus filhos. Não cheguei a passar fome, pois tenho bons amigos que me ajudaram nas piores horas.

Tentei de todas as maneiras me reerguer por aqui, mas o desemprego em Belém não para de crescer. Por intermédio de um vizinho, finalmente consegui emprego em São Paulo e é aí que preciso da sua ajuda.

Serei caseiro de uma casa na praia de São Sebastião. As dependências dos empregados ainda não estão prontas, mas meu patrão quer que eu antecipe minha chegada para assinar o contrato de trabalho — que deverá ser feito num cartório de São Paulo — e depois me levar até o local onde irei morar.

De acordo com ele, a obra está bem adiantada. Então, gostaria de saber se posso ficar na sua casa nesse período de espera. Mais uma vez, peço perdão por importuná-la com problemas de um primo que você pouco conhece. Porém, se cheguei nesse ponto, é porque não tenho condições de me manter em minha cidade.

Prometo ficar em sua casa por um mês no máximo e ajudarei nas despesas enquanto estiver com você. Acabo de vender um imóvel dos meus pais, então tenho um pouco de dinheiro para me sustentar até começar a receber o salário de caseiro.

Prima, conto com você nesse momento difícil da minha vida.

Preciso estar em São Paulo até o dia 30 de setembro, por isso, se puder me dar um retorno breve, agradeço. Meu telefone é o mesmo de minha mãe, você deve ter o número.

Grande abraço e gratidão,

Primo Matheus

Nessa altura, Mercedes estava estatelada no sofá de sua sala, sem saber o que pensar sobre a carta-bomba de Matheus. Hospedar um estranho — sim, eles eram primos, mas nunca tinham se visto pessoalmente —, parecia arriscado para uma viúva. E a sua liberdade de andar de calcinha e sutiã pela casa? E a desconfiança de deixá-lo sozinho com tudo que ela conquistou até agora? E o medo das esquisitices dele, afinal, ele é um homem com hormônios femininos, vai saber o que isso significa?

"Melhor inventar uma desculpa e pular fora dessa encrenca", refletiu Mercedes. Contudo, logo em seguida, ficou morrendo de pena de Matheus: "Coitado, tanta desgraça de uma vez só! Preciso ajudá-lo, sou sua única parente em São Paulo e, também, vai ser por pouco tempo. Vou ligar para ele", pensou, desistindo da ideia na mesma hora.

E foi assim, entre aceitar e rejeitar a proposta de Matheus, que Mercedes passou o dia inteiro sem saber que atitude tomar.

Depois de uma noite de insônia, assistindo à terrível programação noturna da TV, ela decidiu amparar o primo. Pulou da cama antes das seis horas, encontrou a surrada caderneta de telefones da mãe e ligou para Matheus:

— Bom dia, Matheus. Desculpe se te acordei tão cedo, sou sua prima Mercedes.

— Mercedes, que bom ouvir sua voz. Eu estava levantando, não consigo dormir neste calor infernal. A essa hora da manhã já faz trinta e três graus.

— Meu Deus, é uma fornalha! Mas, que bom que podemos conversar. Recebi sua carta e fiquei...

— Desculpa interrompê-la, prima, mas as coisas mudaram.

— Como assim?

— Não vou mais para São Sebastião. Surgiu uma ótima oportunidade de emprego na Amazônia. Uma ONG inglesa está recrutando gente para trabalhar no combate ao desmatamento. Sem dúvida, muito melhor do que ser caseiro no litoral.

— Que incrível!

— Então... Esses ingleses conseguiram o apoio dos Kawahiva, uma das últimas tribos do mundo que ainda vivem completamente isoladas da civilização. Eles são grandes conhecedores da floresta amazônica e aceitaram ajudar a preservá-la de invasores que derrubam árvores e provocam queimadas. A ONG entrará com a tecnologia e eles, com a experiência milenar.

— E você vai morar na tribo?

— Sim, e essa é a melhor parte. Os índios preservam todas as tradições dos antepassados, entre elas, andar nu. Todo mundo que foi contratado pelos ingleses vai ter que viver como os nativos. Para mim, será ótimo, nunca gostei de esconder meu corpo.

— Será que os índios não irão estranhar seus seios femininos?

— Acredito que não. Eles também fogem do padrão que conhecemos. Soube que são negros e cobertos de pelos. Além disso, são vaidosos como eu. Quanto maior o status na tribo, mais elaborados e sofisticados os adereços e as pinturas corporais.

— Então, se é isso mesmo que você quer, fico feliz por sua decisão. Quando começa essa aventura?

— Estamos tomando remédios e vacinas para nos proteger dos insetos da mata e também não levar doenças para os índios. Assim que todo o grupo estiver imunizado, voaremos para o sul do Amazonas. Devemos partir daqui uns vinte dias.

— Desejo muita sorte para você. Liga, escreve, manda fotos, não esqueça de mim.

— Prometo mandar notícias, prima. Os ingleses instalaram antenas retransmissoras, disseram que a internet é ótima lá.

Os dois se despediram satisfeitos. Ela, porque não precisaria dividir seu apartamento com Matheus. Ele, porque agora poderia viver livre, do jeito que sempre quis.

...

As boas novas mereciam uma comemoração. Mercedes marcou um happy hour com Rita e se produziu toda para a noite. Escolheu aquele vestido preto que disfarçava com perfeição suas imperfeições, o sapato de salto mais alto e os brincos de ametista em formato de gota. Fez ondas no cabelo com babyliss, maquiou-se e aspergiu no corpo inteiro seu matador Chanel nº 5.

Assim que escureceu, as duas entraram num dos bares mais movimentados da Vila Madalena. Wavel estava numa das primeiras mesas, com um grupo animado de estrangeiros. A algazarra dos gringos chamou a atenção de Mercedes. Ao se virar para ver de onde vinha a gritaria, seu olhar cruzou com o dele.

Ela conta que foi amor à primeira vista: "Sei lá, senti um calor quando ele me olhou, uma vontade louca de beijar aqueles lábios carnudos." Wavel confessa que também se impressionou com a presença de Mercedes: "Ela tinha um magnetismo incrível. Nunca uma mulher despertou tanto desejo em mim."

Alto, magro, com um sorriso iluminado por dentes de uma brancura impecável, Wavel, nascido nas Ilhas Seychelles, é dono de uma das empresas que participam do consórcio para a compra de parte da Amazônia. Neste dia, ele comemora com sócios o acordo, praticamente fechado, com o governo brasileiro. Ao se aproximar, Wavel impressionou Mercedes. Bastante parecido com Barack Obama, pediu com delicadeza, em inglês, se poderia lhe oferecer um drinque. Claro que ela aceitou e depois disso conversaram sem parar, até que Rita disse que estava tarde e precisava voltar para casa.

Wavel lembrou que no dia seguinte iria para o Rio de Janeiro tratar de assuntos comerciais no Palácio do Planalto. Deveria voltar em dois ou três dias. "Assim que pousar em São Paulo, eu te ligo, minha princesa", despediu-se de Mercedes, com um rápido, porém intenso, selinho.

Sentindo todos os sintomas próprios da paixão, Mercedes esperou ansiosamente o retorno de Wavel. Três dias se passaram e nada: nem uma mensagem, nem um toque de celular. "Era bom demais para ser verdade. Só eu mesma para acreditar que aquele deus de ébano iria gostar de uma cinquentona."

Ela estava errada. Wavel pensou muito nela, contudo compromissos o impediram de ligar mais cedo: "Princesa, perdão por não telefonar antes, mas ainda estou no Rio, as coisas complicaram um pouco por aqui. Fretei um jatinho para amanhã. Chego ao meio-dia. Vamos almoçar juntos? Posso te pegar no trabalho."

Mercedes não cabia em si de tanta alegria, mas não queria demonstrar sua ansiedade. Respondeu tranquila, dando a entender que nem tinha se dado conta de que ele não a procurara. "Não precisa se desculpar, sei bem como são viagens de negócio. Por coincidência estou livre amanhã no almoço. Pode vir, sim. Um beijo e boa viagem."

Correu para marcar um horário de manhã na cabeleireira e na depilação — "Vai que...", pensou ela. Quando chegou no escritório, deixou claro que talvez não voltasse do almoço e não conseguiu se concentrar em nenhuma tarefa até que a secretária avisou que o Sr. Wavel a estava aguardando.

Sua vontade era correr em direção a ele, porém Mercedes segurou a emoção. Usando outro vestido preto — ela achou que a cor lhe deu sorte —, este de mangas três quartos e saia godê, caminhou cheia de pose até o carro, onde Wavel a esperava com um buquê enorme de flores do campo nos braços. "Meu Deus, acho que vou desmaiar", pensou ela. Beijaram-se e seguiram para um sofisticado restaurante nos Jardins.

Conversaram sobre tudo e então Wavel ficou sério: "Princesa, não quero esconder nada de você. Por isso, preciso te contar que em meu país a poligamia é comum entre os ricos e poderosos. Minha família é bastante influente em Seychelles e eu tenho quatro esposas, que vivem comigo, em casas separadas, em minha enorme propriedade."

Mercedes achou que era brincadeira, mas ele continuou no mesmo tom: "Vou ficar triste se você não quiser prosseguir com nosso relacionamento, mas acatarei sua decisão. Entendo que a poligamia pode ser inaceitável para muita gente."

Tudo era muito estranho para Mercedes, ela até achou que seu inglês estava lhe pregando peças. Mas não, Wavel deixou claro que era poligâmico. Por outro lado, aquela voz agradável, o olhar penetrante, a fragrância deliciosa e amadeirada da caríssima colônia Kilian, além da mão pousada sensualmente sobre sua coxa, fizeram Mercedes repensar sobre seus conceitos morais.

Ela não disse nem sim nem não: "Bem, aqui no Brasil você está solteiro. Que tal deixarmos as coisas correrem livres?" Wavel gostou da ideia. Pagou a conta, beijaram-se com paixão no carro e terminaram o dia num motel.

Março de 2023

Há seis meses Mercedes desfruta de um romance tórrido com Wavel. Durante esse tempo, ele foi algumas vezes para Seychelles, mas sempre volta demonstrando estar apaixonado por sua princesa brasileira.

O seichelense tem pressionado Mercedes para que ambos assumam seu relacionamento perante a sociedade e, assim, a data do casamento pode ser marcada. Ela faz de tudo para desconversar. Ainda não está segura para revelar aos parentes e amigos a poligamia do namorado. Por isso, prefere manter o *affair* em segredo.

De férias, Mercedes está terminando de arrumar as malas. Wavel retorna amanhã para o Brasil e no mesmo dia os dois seguem para Angra dos Reis. Lá, um iate os espera para uma jornada de uma semana pelas ilhas da região.

Depois que o gás radioativo liberado pela Usina Nuclear de Angra foi soprado para o mar, longe da população, o município regressou à sua vida normal. Wavel adora aquelas praias e finalmente conseguiu tirar uns dias para desfrutá-las junto com sua amada.

Como sempre, Mercedes está eufórica com o convite de seu amante milionário. É a primeira vez que ela fica sozinha num barco, cercada de luxo e mordomia. Contudo, algo sério a preocupa: "Será que Wavel adquiriu a capacidade de ler pensamentos, como está acontecendo com pessoas no mundo inteiro?", pensou, enquanto o suor já brotava abundante em suas axilas, inconveniente corriqueiro nas horas de nervosismo. "Se ele descobrir que não quero me casar, estará tudo acabado. Não, eu não posso perdê-lo, eu o amo do jeito que estamos. Não suportaria tornar-me esposa dele e ter que dividi-lo com mais quatro mulheres."

Por sinal, o poder de ler a mente manifestado por alguns tem despertado preocupação em vários governos. Tanto, que para corrigir ou coibir excessos advindos da nova capacidade humana, muitos países criaram seus Ministérios das Ideias e estão montando um sistema de normas jurídicas para impedir o indivíduo de saber o pensamento de outrem.

Como talvez leis não sejam suficientes para inibir o fenômeno, bloqueadores mentais já estão em construção, gadgets que impedem por meio de sofisticada tecnologia a invasão do pensamento alheio. Trata-se de um capacete blindado com chumbo, no qual designers e estilistas dão os últimos retoques estéticos para que seja um acessório a ser usado ao sair de casa.

Fóruns de justiça, inclusive, estão contratando pessoas com tal aptidão para fazer a leitura de pensamentos de todos os acusados de crimes.

Tem gente lucrando alto com tudo isso. Professores de meditação estão cobrando fortunas por aulas que ajudam a desenvolver a competência de não pensar em nada e empresas de registro de patentes não têm dado conta de tantos pedidos. Qualquer sacada original é motivo para patentear antes que alguém o faça.

Dizem, ainda, que saber o que o outro está pensando tem ajudado a diminuir a miséria e a desigualdade social. Afinal, fica difícil ignorar os pobres quando se sabe exatamente como é seu sofrimento. Também tem contribuído com relacionamentos abertos entre casais, pois quando ambos conhecem o que passa na cabeça do outro, é mais simples perdoar.

"Comigo não. Se Wavel souber o que vai pela minha cabeça, não irá me perdoar. Preciso testá-lo antes de ir a bordo", combinou com ela mesma. "Mas como farei isso?"

Mercedes lembrou que costuma ter insights geniais durante o sonho; quem sabe dormindo ela descubra o que fazer. Na verdade, faz algum tempo que ela deixou de sonhar. É que nem o aumento da produção de vitamina D em seu corpo, proveniente do maior período de luz solar sobre o planeta, motivo pelo qual está todo mundo mais feliz, foi capaz de impedir sua angústia.

Sim, apesar de estar vivendo um conto de fadas com Wavel, cada vez que ele volta para seu país, ela entra em depressão, com medo de perdê-lo. Por isso, apelou para medicamentos que possam controlar seus altos e baixos.

Porém, assim que começou a tomar antidepressivos, a duração da sua fase REM, que é o estágio no qual ocorrem quase todos os sonhos, diminuiu.

Se por um lado, com a medicação, a tristeza das despedidas deixou de ser intensa, por outro, Mercedes anda muito agressiva. Poucos dias atrás, ela chegou às vias de fato com um grupo de pessoas que, em passeata na Avenida Paulista, pediam a transferência da capital do país para a cidade de Planaltina.

Aos berros, arrancou das mãos de uma moça um cartaz com a mensagem VIVA BRASÍLIA: "Seus idiotas, a bruxa da Regina Duarte perdeu feio a eleição para presidente e vocês ainda estão defendendo essa ideia maluca dela? Vão trabalhar, seus vagabundos." Por pouco ela não foi estapeada pela manifestante. Se Rita não a tivesse arrastado para longe, a coisa ia ficar feia.

Mercedes sabe que a privação dos sonhos tem comprometido inclusive sua capacidade intelectual e seu medo é passar pelo mesmo drama do avô materno: depois de um acidente vascular cerebral, aos cinquenta e quatro anos, ele perdeu parte da visão e contraiu uma doença que vem se tornando cada vez mais comum, a síndrome de Charcot-Wilbrand, a qual faz com que a pessoa deixe de sonhar. A fim de tranquilizá-la, seu psiquiatra está entrando com novos remédios para controlar os sintomas da falta de sonhos.

Como a medicação está começando a fazer efeito, Mercedes acredita que esta noite ela deve sonhar, pelo menos um pouquinho.

• • •

Enfim, a noite se foi e, se sonhou, ela não lembra. Wavel mandou notícia via WhatsApp dizendo que chegou. A qualquer momento ele estará em sua porta. "Oh Deus! Faça com que ele não consiga ler meus pensamentos."

Wavel a envolveu em seus braços, a cobriu de beijos e, como sempre faz, lhe trouxe um presente: desta vez uma pulseira com pedrinhas de diamantes. Mercedes retribuiu à altura seus carinhos. Por ela, eles fariam amor antes de viajar, mas o helicóptero do namorado não podia ficar parado por muito tempo no heliponto.

Presenteado com um céu azul e poucas nuvens no caminho, o voo até Angra foi tranquilo no AS350, e finalmente Mercedes relaxou. "Se ele lesse pensamentos, teria descoberto os meus. Está tudo sob controle. Ufa, posso respirar", concluiu.

Recebidos por um musculoso e bem-humorado marinheiro, Mercedes e Wavel embarcaram no iate digno de uma mansão. Com 20,72 m de comprimento, a embarcação era provida de três cabines, dois banheiros, banheira de hidromassagem no deque superior e dois jet skis.

Logo estavam em alto mar, envoltos pelo aconchego do sol e da brisa marítima. Depois de jogar a âncora a poucos metros da ilha da Gipoia, Ciro, o marinheiro, único tripulante a bordo, foi preparar o almoço na cozinha compacta, mas repleta de equipamentos de última geração.

Não demorou muito para a refeição ser anunciada. De entrada, um verrine de salmão com molho tzatziki, servido em taças de cristal. Em seguida, postas de atum branco com salada de papaia verde e, para finalizar, cheesecake de mirtilos. Tudo, logicamente, acompanhado pelo melhor champanhe que Mercedes provou na vida.

E assim o dia passou, entre mergulhos com snorkel, comida deliciosa, carícias, risadas e paz de espírito. Quando o cansaço bateu, o casal se retirou para a espaçosa cabine, onde o sexo ganhou requintes transcendentais.

Era alta madrugada quando Mercedes despertou com um barulho no convés. Devagar, para não acordar Wavel, ela deslizou pelos lençóis de algodão egípcio de 1.500 fios, vestiu seu baby-doll de cetim bordado e foi ver o que estava acontecendo lá em cima.

Deu de cara com Ciro esfregando vigorosamente o deque de madeira.

— Ei, vá descansar. Deixa isso para amanhã.

— Senhora, peço desculpas. Eu a acordei?

— Imagina, tenho sono leve, não se preocupe. Mas precisamos de você amanhã com toda disposição. Vá dormir.

— Eu e toda a minha família nunca precisamos dormir, ficamos acordados o tempo todo.

— Você está brincando! Se eu passar uma noite em claro, minhas olheiras chegarão nos pés, sem falar na dor de cabeça insana e no mau humor de cão.

— Com a gente não é assim, reabastecemos o corpo acordados. A única desvantagem é o nosso alto consumo de energia elétrica, pois precisamos de luz a noite inteira. Cada vez que a fatura chega, é uma desgraça.

— Puxa, mas acordados vocês devem trabalhar bem mais.

— Isso é verdade. Meus irmãos e eu — quando não estou fazendo bico de marinheiro — temos dois empregos, um de dia, outro de noite. O difícil é conciliar as férias, mas quando dá, é uma beleza. A gente economiza com hotel. Como precisamos só de um lugar para deixar as malas e tomar banho, conseguimos fazer isso em cafés ou botecos. Até museus nos recebem.

— Nem na sua casa você tem quarto?

— Quarto tem, mas sem cama. Quando ganhei a casa do programa habitacional do presidente Silvio Santos, o *Minha Casa, Minha Vida do Baú*, diminuí o tamanho do dormitório para aumentar a sala e o banheiro. Ficou ótimo. No quarto, onde passo pouco tempo, tenho apenas um armário. Por isso, no estar, coube três sofás, dá para receber a família toda sentada.

— Mas ficar tanto tempo acordado não te deixa estressado?

— De vez em quando a gente se sente assim. Porém, nada como um chazinho de camomila ou de erva-doce para relaxar. Minha mãe costuma fazer um xarope à base de folhas de maracujá e de erva-limeira que é também tiro e queda.

— E comer? Afinal, enquanto dormimos, o corpo exige menos calorias. Sem sono, acredito que você precisa de mais comida para manter a energia.

— Eu como de tudo e faz tempo que me mantenho nos setenta e cinco quilos.

— Mercedes, você está aí em cima?

— Sim, querido, já estou descendo. Mercedes despediu-se de Ciro e foi contar, atônita, a Wavel a conversa que teve com o marinheiro.

• • •

A semana voou. Sem que o casal percebesse, chegou a hora de abandonar aquele paraíso e voltar para casa. Despediram-se do simpático Ciro e subiram no helicóptero rumo a São Paulo. Encontraram a cidade em festa. O governo paulista finalmente permitiu a venda de órgãos, incentivando assim a quantidade de transplantes e o fim das filas de espera. "Mas isso pode ser perigoso. Os pobres serão explorados. Para sobreviver, pagar dívidas ou até deixar de herança, eles vão vender seus órgãos em situações aviltantes", comentou Wavel.

Mercedes explicou que não era assim. Havia regras para evitar isso. Antes de vender um rim, por exemplo, o doador tem de passar por avaliações médicas e esperar dois meses, com todas as despesas de procedimentos pagas pelo comprador. "Está tudo muito bem elaborado. Afinal, trata-se de uma estratégia para mostrar que o estado de São Paulo é soberano e, portanto, pode se separar do Brasil."

Wavel sorriu e pensou em como este país está atrasado. Em Seicheles, a discussão sobre transplantes tornou-se obsoleta. Por lá, os órgãos artificiais há muito tempo são realidade. "Começamos com pesquisas com porcos modificados por meio da genética, que se mostraram excelentes doadores de órgãos para seres humanos", contou ele. "Agora, a atenção dos cientistas é para a "programação" de células-tronco, a matéria-prima de tudo que temos no corpo. Todo bebê que nasce, tem coletado no hospital algumas dessas células, que poderão ser manipuladas décadas depois, para se transformar em órgãos."

Mercedes concorda que somos uma nação atrasada, mas vê um grande avanço nessa decisão do governo paulista. Ela acredita que assim, os preços dos órgãos cairão e serão acessíveis a todos.

A corrida começou. Inúmeros anúncios tomaram as redes sociais e canais de rádio e televisão. Os órgãos preferidos são o fígado, o rim e a medula óssea, esse último uma mina de ouro, pois dá para doar várias vezes. Com o propósito de barrar o comércio desenfreado, a Secretaria da Saúde está criando a Bolsa de órgãos, a qual irá coordenar oferta e demanda, juntando doadores e pacientes compatíveis, além de barrar órgãos infectados.

O sistema funcionará na base do escambo: quem precisar de um rim e arranjar um doador, caso não seja compatível, poderá "trocar" o órgão dessa pessoa pelo de outra. "Estou feliz com essa notícia. O livre comércio de órgãos exterminará de vez o mercado negro", disse Mercedes a Wavel, enquanto ele colocava as últimas malas para dentro do apartamento dela.

No dia seguinte, Wavel partiu para Seicheles. A despedida foi chorosa, mas, com a certeza de que no próximo mês ele estará por aqui, Mercedes secou as lágrimas e o deixou ir.

Ela estava feliz pela semana maravilhosa que passou com seu amor, porém algo a incomodava: "Ele quase não tocou no assunto casamento. Será que mudou de ideia? Será que a paixão por mim esfriou? Será? Por outro lado, ele foi tão amoroso, dedicado, paciente."

Cheia de caraminholas na cabeça, Mercedes resolveu espairecer correndo no parque ao lado de sua casa. O calor tinha ido embora, dando lugar a um frio intenso. Ela nem liga mais para as mudanças bruscas de temperatura. Assim como outras pessoas, ela está passando por uma transformação: de endotérmica (quando a temperatura do corpo se mantém constante e relativamente alta — cerca de trinta e sete graus Celsius) para ectotérmica (quando o organismo utiliza o próprio metabolismo para produzir calor).

A mudança está deixando todo mundo lento, por outro lado, come-se menos. Isso porque os ectotérmicos precisam de poucas calorias para sobreviver.

As primeiras crianças nascidas de mães com tal patologia apresentam várias modificações anatômicas e funcionais. Entre elas, o fim da camada de gordura subcutânea. Ao invés disso, nascem com a pele colada aos músculos e os meninos passaram a ter os testículos internos.

Outra alteração significativa é que como a produção de leite exige da mulher um alto custo energético, as mães ectotérmicas não conseguem mais alimentar o filho por meio da amamentação, só mesmo por meio de fórmulas lácteas artificiais.

Assim sendo, sem sentir o frio da manhã gelada, Mercedes faz sua corrida de um quilômetro quando cruza com Flávia, antiga vizinha do andar de cima. "Flavinha, você por aqui? Quando chegou do Rio?", perguntou ela, abraçando a amiga.

Abatida, com lágrimas nos olhos, Flávia conta que voltou a morar em São Paulo: "Depois da morte de José Eduardo, meus filhos e eu não suportamos ficar longe de minha família." Mercedes gelou por dentro: "Querida, não sabia que seu marido tinha falecido. Meus sentimentos. Como foi isso? Quando foi?"

— Meu marido foi morto durante o golpe de agosto de 2021 — disse, continuando a história: — Uma desgraça, ele estava na hora e no lugar errado. Saindo do trabalho para me encontrar em Botafogo, o coitado foi alvejado por tiro disparado por um terrorista."

As duas caminharam lado a lado de volta para casa. Chocada e sensibilizada pela tristeza de Flávia, Mercedes esqueceu de suas próprias mágoas. Ofereceu à vizinha um café e passou as próximas horas tentando animá-la.

• • •

Depois desse dia, as amigas têm se encontrado bastante. Cada vez que conversa com Mercedes, Flávia se sente mais forte. Chegou até a comentar com a filha Maria Tereza: "Está sendo muito bom me abrir com a Mercedes. Parece que todo aquele medo que eu sentia passou. Não vejo perigo em tudo."

Maria Tereza tem acompanhado satisfeita a recuperação da mãe, mas não pode deixar de alertá-la: "Não ter medo o tempo todo é saudável, no entanto não dá para relaxar. Essa mania de vocês duas andarem à noite pelas ruas desertas e pouco iluminadas do bairro é perigosa. Está cheio de malandro por aí, assaltando, sequestrando e até matando por nada."

A jovem tem razão. Com a segurança proclamada pelo Estado Mundial, que mesmo com a saída dos países europeus ainda tem unificado o sistema de defesa global com sucesso, muita gente passou a viver despreocupadamente.

Para os psicanalistas, esse relaxamento exagerado pode trazer consequências graves, como a desmotivação de competir e inovar. "É o medo de ser rejeitado que faz as pessoas lutarem por objetivos", argumenta em seu podcast a Dra. Andréa Junqueira, lembrando um conceito fundamental para Sigmund Freud.

Até a religião está sendo afetada pela sensação de segurança de grande parte da população mundial. A explicação é lógica: sem medo da morte e do desconhecido, a imagem de seres superiores tem desaparecido e, com elas, os códigos morais vinculados às crenças, como a noção de culpa e pecado.

Tudo isso demonstra o quanto a paz garantida pelo Estado Mundial tem afetado a vida das pessoas que, sem receio de sofrer ou morrer, até remédios estão deixando de tomar.

Entretanto, tem muita gente ainda que se sente cada vez mais insegura. Entre elas está a grega Zenobia Mavromichális, quarenta anos, que alugou o antigo apartamento de Flávia. A moça, depois de perder os pais e os irmãos numa das investidas de grupos radicais para tomar o poder na Grécia, refugiou-se em São Paulo, onde vivem seus tios. É importante lembrar que, com o colapso do euro, a União Europeia se desfez e certos países viram suas economias desabarem e a violência aumentar.

Zenobia vem de uma linhagem de "super-superdotados", isto é, pessoas que usam 100% de todas as áreas do cérebro em potência máxima. Por ter uma massa craniana com grande capacidade de processamento, seu potencial em digerir informações, sensações e pensamentos é impressionante. Para ela, quebrar códigos, tirar conclusões e analisar situações é coisa fácil e corriqueira. Vários de sua família são físicos de renome mundial. Ela, porém, seguiu o caminho da mãe, destacando-se na música. O choque em se ver sozinha na Grécia teve repercussões drásticas em seu cérebro. De tanto pensar, Zenobia começou a apresentar canseira mental: muita dor de cabeça e brancos na memória.

A pedido médico, mudou-se para o Brasil, onde pode contar com a ajuda de parentes. Mesmo assim, ela vem se tornando cada vez mais tímida, sem coragem para sair de casa. Sempre alegres, ao contrário da sobrinha, os tios não sabem o que fazer para livrar Zenobia de suas fobias. Já explicaram que aqui ela está segura, ninguém irá feri-la.

A moça, no entanto, como "super-superdotada", usa a lógica para calcular as consequências de sua fuga da Grécia, bem como as consequências das consequências. E, assim, sofre buscando a melhor escolha para sua vida. No andar de baixo, Mercedes escuta os passos de Zenobia que, sem conseguir se concentrar em nenhuma tarefa, perambula pelo apartamento noite e dia pulando de uma atividade para a outra.

• • •

Era manhã de sábado. Mercedes conversava animadamente por vídeo com Aleida. A amiga cubana está contente: depois de meses de racionamento severo de água, os primeiros cargueiros lotados de tanques cheios do precioso líquido se enfileiram no porto de Mariel.

Ela dizia: "Deu certo a busca de água em asteroides e nas calotas polares de Marte por empresas privadas americanas. Os Estados Unidos irão encher todos os nossos reservatórios e garantem que o abastecimento voltará ao normal. Não era sem tempo, morrer de sede tinha virado rotina por aqui."

Assim que Mercedes começou a comemorar com a amiga as boas notícias, batidas fortes na porta de entrada, acompanhadas pelo som intermitente da campainha, a deixaram em pânico. Até Aleida se assustou e pediu para Mercedes chamar o zelador pelo interfone. Não foi preciso, era Zenobia pedindo ajuda.

Mercedes deixou-a entrar, encerrou a chamada de vídeo e pôs-se a escutar a voz trêmula da vizinha. Zenobia estava desesperada. Os tios estão vindo buscá-la para interná-la numa ilha de Abrolhos, na Bahia. "Eles dizem que lá as pessoas passam o tempo todo se exercitando em esteiras, lutando para serem saudáveis. Acham que é disso que eu preciso. Mas eu não quero ir. Por favor, me deixa ficar escondida na sua casa. Eu te imploro."

— Por acaso é para a Ilha Redonda que eles estão te levando? — perguntou Mercedes. Ela ouvira falar desse lugar. Lá só moram pessoas obesas, de onde saem campeões de jiu-jitsu, sumô, rugby e levantamento de peso.

— Sim, é esse o nome — respondeu a grega.

— Mas você é magra. A ilha recebe apenas pessoas com obesidade de grau um, com índice de massa corporal (IMC) entre 30 e 34,9. Não é o seu caso — argumentou Mercedes indignada.

— Serei uma exceção. Titio Prokopis desenvolveu para a Honda assentos mais largos para seus automóveis e tornou-se íntimo do presidente da empresa, que é também fundador dessa comunidade. Está tudo arranjado — explicou aos prantos.

Mesmo com o mercado se adaptando para atender às necessidades dos obesos, a exemplo das montadoras de carros e das companhias aéreas, muitos grupos ao redor do mundo estão se fechando em guetos no estilo da Ilha Redonda. A justificativa é que, convivendo com pessoas de mesma constituição física, os gordos se sentem magros e saudáveis. No entanto, sabe-se que no dia a dia dessas sociedades a pressão para parar de fumar, não ingerir bebidas calóricas e fazer exercícios de manhã, de tarde e de noite é constante; mesmo assim, a expectativa de vida dos adeptos continua menor do que a dos de baixo peso.

Mercedes não acha justo Zenobia passar por tal experiência, mas também não quer se indispor com a família da vizinha. "Fica calma, querida. Vou conversar com seus tios e tentar convencê-los de que isolando você num lugar como aquele, seus nervos só vão piorar", e assim ela se preparou para defender a nova amiga.

A fim de passar o tempo, Mercedes preparou para Zenobia um suco de frutas em seu liquidificador novinho, feito de plástico de cana-de-açúcar. Com a crise do petróleo, as indústrias investiram pesado em matérias-primas substitutas e inúmeros produtos de polietileno, também chamado de plástico verde, foram lançados no mercado.

...

As duas davam os últimos goles em seus copos, também de polietileno, quando escutaram barulho no andar de cima. "Eles chegaram", desesperou-se Zenobia. Mercedes a tranquilizou: "Eu vou lá falar com seus tios. Não se aflija, vai dar tudo certo."

Parada em frente à porta aberta, Mercedes se apresentou: "Sou a vizinha do andar de baixo de sua sobrinha. Ela está em meu apartamento, nervosa, e me pediu para conversar com vocês."

Simpáticos e brincalhões (neste ponto até demais para a ocasião), os tios escutaram a opinião de Mercedes, a interrompendo algumas vezes com piadinhas sem graça.

— Bem, se ela não quer ir para perto dos gordinhos, que tal os anfíbios da nossa bela praia de Lindos, na Grécia? — falou, rindo, Théodore, o tio mais velho. O outro, Prokopis, deu uma sonora gargalhada e perguntou para Mercedes: — Você conhece a história do povo que vive há milênios nesta parte do litoral grego?

Ele nem se deu ao trabalho de escutar a resposta e passou a contar os fatos:

> Desde a época da construção da cidade fortificada pelos gregos, romanos, bizantinos e otomanos, as pessoas nascidas lá, no lugar da laringe e ossos do ouvido e garganta, têm brânquias. Guelras, sabe? Elas funcionam em conjunto com os pulmões, assim eles respiram tanto em terra, quanto podem absorver oxigênio dentro d'água. Além disso, homens e mulheres não possuem pelos no corpo e têm membranas nos dedos das mãos e dos pés, que funcionam como nadadeiras. Como eles podem chegar naturalmente a até 500 metros de profundidade, são excelentes exploradores de riquezas do fundo do mar, como reservas de petróleo e de manganês e cobalto. É um pessoal bonito e longevo. Sua dieta restringe-se a peixes, algas e vegetais aquáticos. Por sinal, Lindos é famosa também pelos rodízios de lagosta e frutos do mar. Os ricos moram em casas belíssimas na região costeira. Você tem que conhecer, os turistas ficam maravilhados com os nativos e com a beleza local. Está localizada na costa leste da ilha de Rodes. Vale a pena se perder por suas vielas.

A história incrível deixou Mercedes perder o foco. Ela fez mil perguntas sobre Lindos, sobre os habitantes, sobre hospedagem, sobre como chegar lá... Enfim, a conversa durou umas duas horas, até que o tio mais velho confessou que também ficou preocupado em deixar Zenobia outra vez longe da família. "Meu irmão e eu decidimos ser pacientes com ela. Viemos nos desculpar e dizer que cancelamos a viagem à Bahia. Não queremos lhe dar mais sofrimento."

Zenobia estava pálida e suando frio quando Mercedes foi buscá-la em seu apartamento. As duas subiram juntas para se despedir de Théodore e Prokopis, que foram embora aliviados por deixar a sobrinha na companhia da vizinha prestativa.

Agradecida por não ter que deixar o apartamento que mobiliou com tanto esmero, agora Zenobia só pensa em como retribuir a ajuda de Mercedes. Chegou à conclusão que o melhor jeito é preparar um jantar especial para a vizinha. A data foi marcada para dali a três dias, tempo suficiente para Zenobia ir ao supermercado comprar ingredientes e bebidas.

Animada com o convite, Mercedes chegou pontualmente ao encontro. Flores perfumavam a sala e a anfitriã estava radiante, num elegante vestido chemisier preto da Chanel e sapatos de salto alto sensacionais. "Gostou deles? São de couro fake. Não uso nada que venha do sacrifício de animais", explicou Zenobia.

Uma refrescante caipirinha de frutas vermelhas com prosecco abriu a noite. As duas se conheceram melhor, riram muito de situações embaraçosas pelas quais passaram e depois Zenobia dirigiu-se com graça à cozinha para dar os últimos ajustes nos pratos a serem servidos. Quem a visse agora pela primeira vez jamais poderia imaginar que aquela mesma pessoa enfrentara tanto sofrimento.

Mercedes até tentou ajudar, mas a vizinha não deixou. Pediu que ela se dirigisse à mesa e começou a trazer as travessas de porcelana Hermès. Primeiro, uma sortida salada de folhas e ovos. Até aí tudo bem. Mas o que veio em seguida deixou a convidada em pânico, engolindo em seco para não transparecer sua náusea.

Carnívora assumidíssima, Mercedes obrigou-se a manter a calma ao ver espalhar-se à sua frente várias cumbuquinhas com diferentes preparos de carne de soja. "Sou vegetariana desde criança, adoro criar misturas com carne de soja. Você vai adorar. Este é um strogonoff, aqueles são quibes fritos e o outro é pimentão assado recheado", descreveu Zenobia.

O cardápio deve ter dado trabalho, mas Mercedes detesta tudo aquilo. A grega podia ter perguntado se ela gostava de comida vegetariana antes de cozinhar tantas iguarias.

Com cada vez mais gente desistindo de comer carne, Mercedes tem inúmeros amigos vegetarianos, mas tanto ela, quanto eles, respeitam seus hábitos alimentares.

Para horror das churrascarias paulistas, Mercedes sabe que passou a fazer parte de uma minoria que ainda se deleita com um suculento bife grelhado, uma tenra bisteca suína ou um frango a passarinho crocante. Ontem mesmo ela soube que, como bois, porcos e galinhas não têm ido para o abate, as pastagens nos Pampas brasileiros estão congestionadas por tantos animais, que agora vivem soltos, alimentando-se ao seu bel prazer.

— Que todo vegetariano tenha a cabeça esmagada por uma manada de bois — praguejou Mercedes em pensamento enquanto levava trêmula e educadamente à boca seu primeiro pedaço de carne falsa.

Zenobia nem de longe imagina a aflição da amiga. Saboreia tudo com entusiasmo e entre uma garfada e outra diz coisas do tipo: "Vocês, brasileiros, são tão bacanas. Na Grécia, o vegetarianismo não é bem aceito. Aqui não, parece que todo mundo detesta carne vermelha e branca. Fiquei sabendo que por causa do baixo consumo de carne no mundo todo, as áreas de pasto na Amazônia estão sendo reflorestadas. O que é ótimo, assim emitiremos menos CO_2 e diminuiremos o aquecimento global. Não acha? Mercedes, está acontecendo alguma coisa com você?

O que foi, pode falar, não se acanhe."

Não, Mercedes não está nada bem. Sua vontade é sair dali correndo, parar na lanchonete da esquina e traçar um cheeseburger duplo. "Estou um pouco indisposta desde a hora do almoço. Acho que foi algo que comi. Está tudo uma delícia, parabéns, mas você se importa se eu parar por aqui?", perguntou.

— Imagina, querida. Vamos sair da mesa. Quando a gente fica enjoada, até olhar para a comida faz mal — respondeu solícita a dona da casa.

Aliviada, Mercedes foi para o sofá e Zenobia, para a cozinha, preparar um chá de hortelã-pimenta. Voltou com a bebida fumegante e um maço de cigarros Malboro na mão.

— Amiga, não faça isso. Se te pegam fumando você pode até ir presa.

— Eu sei. Também na Grécia fumar é ilegal. Mas estamos sozinhas. Você não vai me denunciar, não é? — encerrou o assunto soltando círculos de fumaça no ar.

— Noite infernal — pensou Mercedes, sentindo reviver em seu íntimo o antigo prazer pelo fumo.

No limite da tolerância, a convidada deu uns goles no chá e ia começar a se despedir quando o interfone soou.

— Deve ser o Paulo — disse Zenobia, antes de atender o aparelho.

— Paulo!? Quem é Paulo? — perguntou a outra.

— Uma pessoa muito especial que conheci assim que cheguei a São Paulo — respondeu a anfitriã.

— Ah, então toda aquela agonia por ter que ir embora daqui tinha outro motivo. E eu achando que ela era uma solitária — pensou Mercedes.

Cabelos pretos lisos, olhos azuis, bigode impecável e barriga de tanquinho faziam do rapaz um belo tipo. A grega o recebeu sorrindo, com a emoção dos enamorados. Ele, nem tanto. Depois de beijar-lhe as bochechas foi direto se apresentar a Mercedes:

—Sou Paulo, amigo de Zenobia. Você é a vizinha, não é? Prazer em conhecê-la.

Logo, duas garrafas de vodca Grey Goose, trincando de geladas, foram trazidas e Paulo fez as honras de servir a bebida. Mercedes rejeitou, mas Zenobia insistiu:

— Pelo menos um shot, querida. Mesmo porque, tentar acompanhar Paulo na bebida é impossível. Ele nunca fica bêbado.

— Por sinal, foi assim que nos conhecemos — lembrou o moço, entornando seu terceiro copinho.

Mercedes então soube que Zenobia há muito vem afogando as mágoas num barzinho perto de casa. Certa vez, ela estava junto ao balcão com o olhar perdido em seu Cosmopolitan quando Paulo se aproximou e disse: "Cuidado, você pode se afogar nesse drinque." Ela achou bonitinho o jeito dele falar, mesmo sem entender uma palavra de português.

Por sorte Paulo falava inglês e passaram a noite conversando. "Depois da quarta dose de uísque eu já estava cambaleando, mas o moço aqui, não. Enxugou duas garrafas e me trouxe dirigindo para casa, mais sóbrio que um monge franciscano", relembrou Zenobia divertindo-se.

Paulo explicou que faz parte daquele grupo de pessoas imunes aos efeitos do álcool. "Meus *happy hours* não têm hora para acabar e eu nunca soube o que é ressaca. Sobe e desce no estômago, cabeça latejando, olhos vermelhos e sono no dia seguinte não são comigo."

Mercedes intrigou-se: "Mas você não sente nada depois da bebedeira?" "Sim, secura na boca. Se bem que no último check-up meu fígado apresentou algumas marcas de gordura. Nada com que me preocupar, dá para ir levando a vida", respondeu ele.

— Puxa, eu bebo para esquecer os problemas. No seu caso,

deve ser difícil espantar a tristeza — comentou Mercedes.

— É, dizem que nada melhor para dar um chega pra lá nas dificuldades do que um bom pileque. Eu vou de calmante mesmo — divertiu-se Paulo, brindando com as amigas.

Mercedes achou Paulo interessante. Formado por uma universidade corporativa, ele dedica-se à educação de seus futuros colegas de empresa. Professores desse tipo costumam ter ótimos salários, o que faz do moço um bom partido. Apesar da diferença de idade, deixou-se levar pelo carisma dele.

Ela, por não ter comido nada, e Zenobia, para agradar o pretendente, tomaram o maior porre. No dia seguinte, ambas estavam jogadas no sofá.

Quando acordaram sozinhas no apartamento, com a cabeça latejando e os olhos inchados, não tinham a menor ideia de como a noite terminou.

Julho de 2023

Passaram-se quatro meses desde o fatídico jantar oferecido por Zenobia. Depois daquele dia, Mercedes viu pouco a vizinha. Melhor assim, as duas têm hábitos bastante diferentes, difíceis de compartilhar.

Pelo porteiro do edifício, Mercedes soube que Zenobia está de mudança para a casa do namorado Paulo. "Vou sentir falta dela ensaiando no piano, dá para escutar do meu apartamento. Sua voz de contralto é encantadora. Que o casal seja feliz", disse ela ao funcionário. Porém, seus pensamentos iam longe.

O romance com Wavel perdeu o tesão. Suas vindas ao Brasil estão cada vez mais esporádicas, ele quase não tem tempo de ligar ou mandar mensagens e Mercedes sabe que o rompimento está prestes a acontecer.

Decidida a não sofrer por amor, ela quer sumir do mapa, quem sabe mudar para longe. Foi por causa disso que ela começou a prestar atenção no desenvolvimento econômico do Cazaquistão.

Maior produtor de urânio do mundo, o país se destacou nos últimos anos, depois que algumas regiões do planeta, ainda férteis em combustíveis fósseis, como gasolina, viram sua fonte de renda secar devido ao fenômeno do fim do processo da decomposição.

117

Como a gasolina e até o etanol são formados justamente pela decomposição de matéria orgânica, o urânio tornou-se o melhor substituto para o petróleo e para a cana-de-açúcar, esta última usada para fazer álcool automotivo.

O que acontece nessas partes do mundo é que as árvores que morrem não sofrem mais decomposição e assim não enriquecem o solo com seus nutrientes, tornando-o pobre para alimentar uma nova geração de árvores e outras formas de vida.

Para evitar que a população passe fome, estão sendo retirados em laboratório nutrientes de matérias orgânicas mortas. Apesar de trabalhoso, o resultado tem sido promissor no desenvolvimento de produtos alimentícios. Só do sangue de cadáveres é possível obter açúcares, ferro e sódio.

Por sinal, como os mortos também não se decompõem, gigantescos cemitérios subterrâneos estão sendo construídos nesses lugares para aqueles que a família não permite a cremação. Escavados em montanhas, tais necrópoles têm capacidade para abrigar vinte e três mil corpos.

Enfim, agrada a Mercedes morar num país como o Cazaquistão, que está ganhando fortunas com a comercialização de seu urânio e necessita de profissionais qualificados e maduros. Depois de pesquisar sobre a vida por lá, ela decidiu passar um tempo na capital, Nur-Sultã, cidade de arquitetura moderna, com mais de um milhão de habitantes e de clima frio (sendo ela ectotérmica, isso não é mais problema). Se gostar, aí sim fixa moradia.

Todavia, falta um detalhe: dinheiro suficiente para se manter desempregada até conseguir uma colocação adequada por lá. Mas Mercedes sabe o que fazer. Vai vender todas as joias de platina que Wavel a presenteou. Com as reservas de ouro diminuindo cada vez mais, o preço da platina continua disparado.

Fato é que nem tudo acontece como se quer. Mercedes teve de suspender temporariamente seus sonhos cazaquistaneses para resolver um problema bem mais urgente: procurar um encanador para consertar os vasos sanitários de seu apartamento, que deram agora para trazer de volta os dejetos dispensados pela descarga. Esse não é um drama exclusivo dela. Depois que os ratos, baratas, moscas e mosquitos foram exterminados de vez em São Paulo, as tubulações da cidade vivem entupindo, fazendo com que os excrementos refluam e voltem para a rua e para as residências. Tudo porque, antes ratos e ratazanas circulavam à vontade pelos canos, se alimentando do lixo e ajudando no escoamento do esgoto.

Claro que isso é um problemão para os paulistas, mas a extinção desses bichos minimizou muito sofrimento. Doenças como a leptospirose e a peste bubônica, transmitidas por ratos, por exemplo, acabaram. Também ninguém mais teve dengue, transmitida pelo mosquito *Aedes aegypti*, e elefantíase, causada pelo pernilongo Cullex.

Desde a aniquilação das baratas, moscas e demais insetos voadores, Mercedes se alimenta com maior segurança e deixou de usar repelente. Por outro lado, ela morre de medo de topar com morcegos, pombos e gambás, que sem a concorrência das pragas urbanas se alastraram pelas cidades.

Em seu Volvo elétrico prata (devido às novas leis, Mercedes se desfez do velho Fiat, beberrão de combustível), ela foi buscar o encanador a mais de 100 quilômetros de sua casa, único profissional disponível para fazer o serviço sujo.

Enquanto o moço literalmente coloca mãos à merda, Mercedes tenta uma chamada de vídeo com Plínio. Há dez meses ele se mudou para Vênus e, desde então, quase não teve notícias do amigo.

Deu certo, Plínio apareceu na tela de seu notebook agasalhado até os dentes em um casaco de fibra natural, mas com um olhar radiante.

— Querido, você parece um urso polar.

— Hahahaha, nem sempre está frio assim, mas hoje a temperatura despencou. Deve estar uns dez graus abaixo de zero. Só mesmo com um casacão como este para não congelar.

— Que saudades! Você nunca mais me procurou. Como anda a vida por aí?

— Agora está tudo bem. Graças a Deus, deixei a comunidade que me recebeu. O pessoal era muito chato e mal-educado, além de ser pouco adepto da higiene corporal. Quase não tinha descanso era plantar, colher, plantar, colher.

— Puxa, da última vez que conversamos, estava tudo ótimo. Onde você está morando?

— Estou num povoado às margens do Fobos Deimos, único oceano venusiano que, por ser de água doce, mais parece um lago.

— Um mar de água doce? Que estranho!

— Sim, é diferente do nosso mar de tempos atrás. Como agora acontece na Terra, ele quase não tem ondas, o chão é lodoso e a cor da água é marrom acobreado.

— Nossa, que feio, não gostei.

— Não, ele tem suas belezas. Como aqui predomina o clima frio e seco, há muitos blocos de gelo boiando no oceano. O contraste entre o branco da neve e o escuro da água deixa a paisagem linda. Vou te enviar uma foto para você ver como é bonito.

— Mas me conta de você. Quero saber tudo.

— Então, me mudei para cá porque descobri que eles estavam precisando de alguém que soubesse negociar a troca de suas mercadorias por itens de primeira necessidade para suas famílias. E você sabe, não é amiga? Sou o rei da persuasão, sei como convencer as pessoas. Consegui passar na frente de um montão de candidatos. O líder daqui adorou o meu jeito e me deu o emprego.

— Que bom. Vejo que as coisas melhoraram. Desde sua partida tenho torcido muito por você.

— Melhoraram demais. Chega de trabalhar em plantação. Hoje, minha única ocupação é conseguir as melhores condições de escambo. Ganhei um veículo veloz de neve que me leva para tudo quanto é lugar aqui em Vênus. Tenho feito ótimos negócios.

— Parabéns, amigo. Quanto tempo faz que você começou aí?

— Estou há quatro meses nessa função e o melhor é que deixei de pensar em retornar à Terra.

— Jura? Você pensou em voltar? Por que não se abriu comigo?

— Não aguentava mais trabalhar de manhã até a noite. Minhas costas doíam terrivelmente, não suportava olhar para minhas mãos calejadas e, para piorar, as trocas de mercadorias eram ruins. Estava vendo os documentos necessários para a viagem de volta, quando surgiu essa oportunidade. Decidi tentar e hoje estou feliz. Só tenho saudades do calor da região onde morava, os dias eram quentes, enquanto aqui é quase sempre frio. Mas, não faz mal. Uma coisa compensa a outra.

— O importante é ser feliz. Que bom saber que está tudo bem. Rita e eu sentimos muito a sua falta. Outro dia, lembramos de quando nós três resolvemos maratonar todos os bons filmes que estavam em cartaz no cinema. Começamos com *The Square — A Arte da Discórdia*, na sessão das dez horas, e terminamos com *120 Batimentos por Minuto*, na de meia-noite. A gente era muito doido. Bons tempos aqueles. Uma pena, querido, mas preciso desligar. Estou com um encanador aqui em casa e ele está me chamando. Vamos nos falar amanhã? Tenho tanto para te contar.

— Oh, amada, estarei fora nos próximos três dias a trabalho, mas assim que voltar te ligo. Pode ser?

— Claro, vou ficar esperando. Boa sorte, que tudo continue dando certo para você.

Mercedes encerrou a chamada e foi ter com o rapaz, que a essa altura precisava de mais material para terminar o desentupimento.

No mesmo dia em que Mercedes festeja a normalidade do funcionamento de seus vasos sanitários, o Brasil comemora a chegada das primeiras mudas de árvore do dinheiro, vindas da China. Como Curitiba sofre com a seca há vários anos, clima ideal para o cultivo da espécie, e por ser um lugar de baixos índices de violência urbana, a cidade foi escolhida para abrigar a plantação. A alegria, no entanto, durou pouco.

Outra vez o eixo de rotação da Terra sofreu alteração. Agora, estamos perpendiculares ao Sol, o que significa que não haverá mudanças de estações em todo o planeta. Os trópicos permanecerão quentes o ano todo e os polos, mais frios do que nunca, uma vez que o sol fraquinho não dará conta de aquecê-los. As regiões de clima temperado, onde ficam os estados do Sul e Sudeste do Brasil, viverão uma eterna primavera, isto é, umidade e pluviosidade elevadas. Sem seca em Curitiba, adeus colheita de dinheiro.

• • •

Faz anos que a população mundial vem se alarmando com as mudanças inacreditáveis do planeta. Homens voadores, anfíbios e de força descomunal. Seres de sexo indefinido que não precisam de parceiros para procriarem. Gente que consegue ler a mente, animais azuis, árvores-macacos e o globo terrestre parando ou girando desgovernado de um lado para o outro.

Estas e outras aberrações fizeram com que pessoas do mundo todo se apegassem ao espiritualismo. Se não conseguem compreender o que está acontecendo, pelo menos ganham força interior para enfrentar o destino da Terra. É assim que a denominada "Superigreja" ganha milhares de adeptos, muito mais do que qualquer outra religião.

O novo culto tem apenas duas crenças centrais: a aceitação do infinito, que se manifesta na fé em Deus, e o princípio ético de não fazer aos outros aquilo que você não deseja a si mesmo. A simplicidade e, ao mesmo tempo, a abrangência de tais normas cativaram os desiludidos corações humanos.

Ricos e pobres, intelectuais e analfabetos, brancos e negros, não importam as diferenças sociais, culturais e étnicas, todos se sentem acolhidos na "Superigreja", que, por sinal, acaba de conquistar a ciência também. Milhares de cientistas já se comprometeram a pesquisar somente dentro dos preceitos da fé.

Rita tornou-se uma grande fiel da nova doutrina. Ela conheceu a "Superigreja" quando estava no auge de sua depressão. É que mesmo com o dinheiro conseguido com a venda das joias de platina presenteadas pelo falecido marido Murillo, sua vida continuou uma bagunça.

Com o fechamento da escola de período integral dos filhos, Pedro e Paschoal foram obrigados a estudar em casa, com o auxílio de uma tutora. Isso mudou toda rotina de Rita, que precisou reduzir seus horários de trabalho para dar conta dos afazeres domésticos.

Os adolescentes também sentiram as mudanças e descontaram na mãe o seu descontentamento. Irritados por não ter os amigos por perto, muito menos as atividades extracurriculares do colégio, eles se tornaram agressivos, respondões e irresponsáveis. Discussões, portas batendo, quartos que mais parecem um chiqueiro e choro dominaram o dia a dia da família de Rita.

Nem mesmo a felicidade causada pela maior exposição à luz solar tem tranquilizado a viúva. Por um bom tempo ela viveu às custas de um revolucionário ansiolítico, à base de LSD, criado por um laboratório de ponta brasileiro. No entanto, a ação do remédio a afastava da realidade. Quando o efeito acabava, ela mergulhava de novo no poço da depressão.

Foi Odete, irmã de Plínio, quem lhe falou sobre a "Superigreja". No começo, achou tudo uma bobagem, mas à medida que entendia os conceitos pregados por eles, sua vida começou a ganhar sentido.

Há cinco meses Rita está em paz. A relação com os filhos melhorou e ela passou a aceitar com tranquilidade as reviravoltas que o mundo dá. Afinal, agora ela entende que tudo está nas mãos de Deus e ele sabe o que faz.

Ontem mesmo ela passou por um teste de fogo em relação à sua serenidade frente aos problemas. Seu filho Pedro confessou que está namorando uma pessoa de sexo único, moradora de Guarulhos.

"Você quase nem sai de casa, como conheceu alguém de tão longe? Foi nestes sites de namoro?" perguntou Rita ao jovem. A resposta a deixou ainda mais perplexa: "Eu a conheci numa cabine de teletransporte."

Engenhocas como essa se tornaram um disputado entretenimento para os endinheirados. A "brincadeira" funciona assim: a pessoa entra numa cabine onde, por trinta minutos, seus 6,7 bilhões de bilhões de bilhões de átomos e de cada partícula que os formam são escaneados. Daí a informação é enviada pela internet e a cópia do indivíduo aparece na cabine de destino escolhida.

Cópia não é bem o termo, pois trata-se de um corpo idêntico, com as mesmas memórias e consciência. O conjunto de bits materializado no destino tem duração de até oito horas. E, se por uma eventualidade, uma vez que o processo indolor não gera nenhum tipo de risco, durante o procedimento a pessoa vier a falecer, seu clone se desintegra imediatamente.

O custo para adentrar na máquina e ter o corpo moldado é de quinze mil reais. O restante é cobrado por tempo de uso entre a ida e a volta. Quem opta apenas pela primeira etapa, pode levar as informações em seu iPhone e usá-las quando quiser em qualquer uma das cabines autorizadas. Estas, por sinal, chegaram até em outros planetas, como Marte e Vênus.

— Onde você conseguiu dinheiro para embarcar numa cabine de teletransporte? — perguntou Rita estupefata.

— Não, mãe, não sou eu que estou me teletransportando, é a Silvana. Tem uma cabine dessas no clube onde o pai de meu amigo Victor joga golfe. Ele me levou lá no dia que a Sil realizou o processo — contou o garoto, continuando entusiasmado.

— Ela é uma gata, morena e olhos azuis. Rolou de cara uma energia. Depois disso a gente tem se falado sempre por WhatsApp e a Sil se teletransportou três vezes para ficar perto de mim. Agora sou eu que preciso ir até ela. Então, mãe, tem como arrumar essa grana?

— Pedro, isso é loucura de rico. Prefiro gastar dinheiro com coisas úteis, necessárias ao bem-estar de nossa família. Peça para ela vir aqui pessoalmente. Assim também eu a conheço.

— Impossível. Eu conversei com ela sobre isso. Por causa de sua condição física, sabe, ela não é exatamente como a gente, a Sil prefere que nossa relação fique como está. E, quer saber, mãe, eu também acho que é melhor mesmo. Sei lá, ficar com ela de verdade não vai dar certo.

Rita ia passar um sermão no filho, mas lembrou do ensinamento da "Superigreja": não fazer aos outros aquilo que você não deseja a si mesmo. Calma, explicou ao menino que não havia dinheiro sobrando para tal excentricidade e deixou claro que se ele só está com a moça por farra, é melhor dar um basta na situação. Assim nenhum dos dois corre o risco de machucar seus sentimentos.

No íntimo, entretanto, a antiga Rita se manifestou: "Puta que pariu, só me faltava essa, uma nora de sexo único!"

125

• • •

Passava das seis da tarde do dia seguinte. Rita chegara do trabalho e antes de começar a preparar o jantar preferiu ficar de bobeira assistindo a um pouco de TV. Ao fundo, ela escutava Pedro falando ao telefone em seu quarto, mas a edição extraordinária do telejornal a fez esquecer de tudo a sua volta.

— Eu sabia, eu sempre soube — falava ela atropelando as palavras da jornalista, que confirmava que o verdadeiro Paul McCartney faleceu em nove de novembro de 1966. Desde então um sósia tomou seu lugar, tudo engendrado pelo empresário do The Beatles na época.

As provas forenses irrefutáveis desmascararam a grande farsa e revelaram que a causa da morte do cantor e baixista foi um acidente de carro. Ringo Starr confirmou a tragédia: "Fizemos um pacto que nenhum dos Beatles jamais revelaria a verdade do que aconteceu com Paul. Quando ele morreu em seu Aston Martin DB5, éramos uma máquina de fazer dinheiro, não podíamos terminar assim. Brian Samuel Epstein, nosso empresário, sugeriu substituí-lo pelo Eric Clapton, mas o Eric não topou. Foi, então, que o Brian descobriu esse cara que é idêntico ao Paul. Deu certo! John, George e eu resolvemos nos calar para sempre. Mas, confesso, estou aliviado que tudo veio à tona. Como único integrante ainda vivo do grupo, não suportava mais guardar esse segredo."

Fãs e estudiosos do The Beatles vieram a público corroborar a notícia e expuseram inúmeras dicas fornecidas pelos próprios músicos, todas admitidas por Ringo. Uma delas aparece na capa do álbum *Abbey Road,* lançado em vinte e seis de setembro de 1969. Os quatro Beatles atravessando a rua é uma referência à saída de um enterro. John Lennon está de branco, como um pastor, Ringo Starr representa o coveiro e Paul caminha sem sapatos, tradição de muitas culturas, em que o morto é enterrado descalço.

Também se descobriu que na parte inferior da capa de *Sgt. Pepper's Lonely Hearts Club Band*, disco de 1967, há uma tumba adornada com flores que formam o contrabaixo de Paul e que na música "A Day in the Life", Lennon revela como foi a morte do companheiro cantando algo como "Ele estourou a cabeça num carro".

Ainda com os olhos fixos na tela, Rita consegue ouvir as últimas palavras do filho antes dele jogar o celular contra a parede: "Você e seus parentes são um bando de filhos da puta. Você tem dezesseis anos, Silvana, e está de casamento marcado com seu primo, apenas para que a fortuna de vocês se mantenha na família! Como você aceita uma idiotice dessa? Não me procura mais, vai se foder sua cadela."

Chorando por Paul e por Pedro, Rita caminhou até a cozinha e se pôs as descascar as batatas para o purê do jantar.

• • •

Por semanas Pedro passou amuado, não reclamava, mas a tristeza por ter rompido com Silvana pesava-lhe a fisionomia. A mãe tentava, sem avançar demais o sinal, dizer palavras de conforto. Nada, no entanto, o demovia da decepção e da raiva que sentia pela garota guarulhense.

Foi aí que Rita soube da exposição das baleias voadoras e das árvores-macacos, no Rio de Janeiro. Com certeza, um programa que faria Pedro se divertir e esquecer, pelo menos por algumas horas, seu romance falido.

As espécies exóticas foram trazidas das Canárias para o Brasil pelo piloto bilionário de Fórmula 1, Ayrton Senna que, além de cuidar pessoalmente da Senna GP, tem proporcionado eventos culturais disputadíssimos em todo mundo.

Rita é fã fervorosa de Senna, muito antes dele se consagrar pentacampeão das pistas de corrida. Até hoje, seus amigos comentam sobre a festa que ela organizou em sua casa na Vila Mariana, quando o piloto conquistou seu quarto título mundial, em 1994. Uma bateria de fogos de artifício sacudiu o bairro por quarenta minutos, até a polícia foi chamada, mas no final ninguém acabou preso. No ano seguinte Senna foi ultrapassado por Michael Schumacher, mas Rita não se aborreceu, ela estava torcendo pelo casamento do século, entre a apresentadora infantil Xuxa e Ayrton.

Quando, nove meses depois, a filha do casal, Sacha Senna, nasceu, Rita conseguiu enviar um presentinho ao bebê e guarda até hoje o cartão de agradecimento que recebeu dos pais da menina. Ela também enviou um telegrama ao seu ídolo parabenizando-o quando ele assinou contrato com a Ferrari, em 1996. Desta vez, não teve nenhuma resposta.

Contudo, para ela, a maior emoção de sua vida foi mesmo assistir pela TV a última corrida de seu ídolo, em 1997. Senna estava apenas um ponto à frente de Jacques Villeneuve. Seus carros se tocaram na pista e o canadense rodou. Senna tornou-se pentacampeão aos gritos eufóricos de todos os brasileiros, inclusive do narrador Galvão Bueno, que, de tanta emoção, resolveu se aposentar da televisão brasileira "Para felicidade geral da nação", vibrou Rita.

No ano seguinte, ela chorou rios quando Ayrton resolveu parar de pilotar, alegando que seus trinta e oito anos de idade o impediam de competir em pé de igualdade com o jovem Schumacher. Sem se afastar da F-1, Senna virou consultor da Ferrari, mas por um breve tempo.

Em 1999 Schumacher sofreu um acidente com sua Ferrari e morreu na pista, transformando-se em um mito na história do esporte. A pedido dos dirigentes da F-1, Ayrton volta a guiar e assume o cockpit por algumas corridas, até fazer sua segunda e definitiva despedida.

Depois de comprar, em sociedade com Ross Brawn, a equipe da Honda e criar a SennaGP, Ayrton é hoje um executivo da Fórmula 1 muito bem-sucedido. Graças a tecnologia de um difusor de ar colocado embaixo do carro, seus pilotos vêm deixando os rivais cada vez mais para trás.

Hoje, quem lidera o campeonato é o sobrinho de Senna, Bruno Senna, seu primeiro piloto. Rita admite que perdeu um pouco daquele entusiasmo da juventude em relação às corridas, mas ainda acompanha de perto o sucesso de seu ídolo.

• • •

Pedro ficou bastante animado com a possibilidade de viajar para o Rio de Janeiro e ver de perto baleias voadoras e árvores-macacos. "Então está decidido, vamos no final de semana. A gente pega um voo na quinta-feira à noite e volta no domingo à tardinha", combinou Rita com o filho.

Desde que as centrais sindicais brasileiras conseguiram junto ao governo reduzir a jornada de trabalho para quarenta horas semanais, os finais de semana passaram a ter três dias: sexta-feira, sábado e domingo. Com isso, o tempo de lazer aumentou, facilitando viagens e outros programas de longa duração.

Quando a lei foi aprovada, nem todos gostaram, pois as pessoas se viram obrigadas a produzir a mesma quantidade, porém em um período menor. Mas logo surgiram transformações tecnológicas para ajudar na produtividade e hoje está todo mundo de acordo.

Contente por dar essa alegria aos filhos, Rita resolveu convidar Mercedes para ir junto com eles. A amiga topou, mas com uma condição: "Meu primo Matheus também vai. Ele está passando uns dias comigo e não quero deixá-lo sozinho em casa."

— Aquele seu primo esquisitão de Belém, que tem útero, ovário e seios fartos? — perguntou Rita ressabiada. "Acho que os meninos não vão gostar", continuou ela.

— Que nada — respondeu Mercedes. — Ele é um cinquentão muito charmoso, tem um papo ótimo e é super prestativo. Depois do primeiro impacto, a gente até esquece dos seus traços femininos. Pedro e Paschoal vão adorá-lo, tenho certeza.

Um pouco preocupada com o novo integrante do grupo, Rita comprou as passagens, os tickets da exposição, reservou o hotel e pensou: "Seja o que Deus quiser."

Realmente Rita e os filhos gostaram de Matheus. Falante e brincalhão, ele logo se enturmou e todos ficaram à vontade. Suas histórias com os índios Kawahiva na Amazônia eram hilárias, incluíam desde os perrengues de comunicação entre brancos e nativos, até os desconfortos de andar o tempo todo pelado de lá para cá.

Matheus fez questão de mostrar uma foto dele nu ao lado de alguns homens da aldeia. Raquel não sabia o que mais a impressionava, se era o aspecto chocante dos Kawahiva — negros retintos, cobertos de pelos — ou o belo membro avantajado do primo de Mercedes. Para disfarçar o impacto da imagem, ela preferiu se ater nos adereços e pinturas corporais dos índios. "Nossa, eles são verdadeiros artistas. Amei os colares de sementes e os desenhos coloridos no rosto e nos braços."

E assim, o clima divertido se manteve o dia todo. No sábado de manhã os cinco se dirigiram ao Museu de Arte do Rio para conferir aquele intrigante espetáculo da natureza.

Foi de arrepiar ver aqueles gigantes do mar, com mais de trinta mil quilos, planarem pelo recinto e depois desabarem no enorme tanque de água, formando um maravilhoso leque de espuma. Ninguém se mexia, a respiração de todos ficava suspensa a cada salto, voo e queda das graciosas baleias voadoras.

Em êxtase, o grupo seguiu para o pavilhão das árvores-macacos. A floresta em movimento superava todas as expectativas.

A algazarra alegre dos primatas e o farfalhar das folhas protagonizavam um cenário surreal. Mercedes estava boquiaberta admirando um macaquinho com braços e pernas de galhos quando Matheus, ao seu lado, deu um grito lancinante.

— Estou cego, não vejo nada, está tudo escuro — desesperou-se ele, tateando com as mãos o vazio à sua volta. A prima não sabia o que fazer. Imediatamente formou-se uma roda de gente em torno deles e muitos diziam: — É a cegueira coletiva, ele está com a doença. Coitado, que horror!

Rita chegou correndo com os filhos e livrou os amigos da multidão que os sufocava. Logo paramédicos sentaram Matheus numa cadeira de rodas e às pressas os cinco foram encaminhados para o posto de primeiros socorros.

— O senhor esteve há pouco na Inglaterra ou teve contato com alguém que esteve lá? — perguntou a enfermeira ao doente. — Eu trabalho com ingleses — respondeu Matheus. "Mas nenhum deles perdeu a visão." A profissional explicou que esta síndrome muitas vezes é assintomática. Mesmo quem não apresenta o problema pode ser um transmissor.

Mercedes, lembrou, então, de ter ouvido que há anos a Inglaterra tem sofrido com a cegueira generalizada. O mal, que vem se espalhando devagar, atinge agora um terço de sua população, cerca de vinte e três milhões de pessoas.

Com o crescimento exponencial da enfermidade, não é à toa que os ingleses estão na vanguarda das tecnologias que ajudam o dia a dia dos cegos. De bengalas ultrassônicas, que podem indicar se há objetos pela frente, até robôs, que atuam como cães-guia ou cuidam dos serviços domésticos, são inúmeros os produtos disponíveis no mercado.

A Bentley, por exemplo, acaba de lançar seu primeiro carro que anda sozinho e um pool de fabricantes ingleses de softwares desenvolveu recentemente um computador que funciona como

131

um instrumento musical, tendo o som como a resposta para cada ação da máquina.

Até uma televisão que projeta imagens táteis 3D, ou seja, que se pode tocar, já está em linha de produção. Ao encostar na tela, ela solta um leve pulso elétrico, que simula a sensação de estar tocando um botão de verdade.

Diante da possibilidade de um dia a Inglaterra ter uma população 100% cega, a universidade de Cambridge está finalizando a criação de máquinas capazes de substituir médicos em cirurgias e também de se autoconstruir, caso não exista mão de obra humana disponível para fazer o serviço.

Ainda em estado de choque, Matheus entrou em contato com a ONG em que trabalha. Solícitos, compreenderam o drama do funcionário e se dispuseram a pagar as despesas de viagem de volta à sua cidade natal, Belém do Pará.

Matheus aprovou a decisão dos patrões, pois não podia mais viver na floresta. Em Belém contaria com a ajuda dos filhos e dos netos para enfrentar os dias difíceis que viriam pela frente. Amparado pelo salário vitalício oferecido pelos ingleses, o recém-cego viu luz no fim do túnel. Agora, talvez, pudesse descansar, sem precisar dar satisfação a ninguém.

...

Mercedes estava arrasada pelo primo quando Wavel, depois de uma longa separação entre os dois, a procurou. Ele chegara de seu país e queria vê-la. Percebendo sua tristeza, logo foi para a casa dela. A moça chorava por imaginar o horror que é viver sem enxergar e por ter medo que Matheus a tivesse infectado.

O seichelense fez questão de levá-la ao laboratório para fazer um teste de detecção de vírus e prometeu ficar ao seu lado até o resultado sair. Dois dias depois Mercedes soube que estava bem de saúde, mas o desgosto a tinha deixado bastante abatida. Preocupado com o estado emocional de sua princesa brasileira, ele lhe fez uma proposta:

Venha comigo para Seicheles. Eu contratei professores para ensinar a nova língua universal às minhas quatro esposas e filhos. Um amigo também vai mandar as suas mulheres para compor o grupo. Seria ótimo para você participar das aulas. Além de aprender o idioma, que será único muito em breve em todo o planeta, vai te ajudar a esquecer de tamanho sofrimento.

Essa, sem dúvida, é outra preocupação de Mercedes. Como de comum acordo, todos os habitantes da Terra num prazo de até dez anos falarão somente um idioma, ela está atrasada no aprendizado. Dizem que a língua não é nada fácil. Apesar de ter várias palavras existentes, combinadas entre si, trata-se de algo totalmente inédito. Claro que os dialetos locais não irão desaparecer, mas sem dúvida será o fim de vários desentendimentos entre os povos.

A proposta de Wavel lhe soou razoável, afinal é um pacote completo: estudar de graça, conhecer aquele país paradisíaco e ainda passar um bom tempo ao lado do homem pelo qual ainda é apaixonada. Ela estava mesmo pensando em fugir para o Cazaquistão, que seja então para Seicheles, um lugar mil vezes mais interessante.

— Quer saber, eu topo, meu querido. Não sei como suas esposas irão me encarar, mas estou pronta para o desafio — disse ela, sorrindo pela primeira vez depois do acidente de Matheus.

Então, os preparativos da viagem começaram. Wavel foi na frente, para esclarecer às esposas sobre a vinda de sua namorada brasileira. Mercedes, partiu algumas semanas depois, com as despesas pagas num voo direto para Seicheles, na primeira classe do Boeing 777 da Emirates Airline.

Na luxuosa aeronave, Mercedes nem se deu conta das vinte e cinco horas a bordo. Em sua suíte privativa, com controles de temperatura e iluminação ambiente, ela recebeu atenção de celebridade. Refeições cinco estrelas, bebidas à vontade, uma cama deliciosa e um banheiro com ducha repleto de mimos para o corpo.

Mas foi no lounge do avião que Mercedes passou o maior tempo. Ali ela conheceu Lauter, ex-ciclista olímpico, e sua mulher Olga, jogadora de vôlei aposentada. Ambos participarão de uma convenção de organizações antidoping, no Savoy Seychelles Resort & Spa, na Ilha Mahé. O objetivo do evento é formular um documento à ONU para comprovar como a indústria farmacêutica está desumanizando as Olimpíadas com suas drogas esportivas.

— Desde que o doping no esporte foi liberado, em 2010, a carreira dos atletas tornou-se mais curta, imperando o repugnante modelo do atleta rotativo — explicou Lauter, que hoje vive com a mulher num retiro de atletas, em São Paulo.

E Olga, tomando um estimulante do qual é dependente desde que competia pela Seleção Brasileira de Voleibol Feminino, continuou: "Enquanto estamos na ativa, por quatro anos, que é o intervalo entre uma Olimpíada e outra, somos preparados pelos laboratórios até chegar no ponto ideal. Daí, quando a competição começa, surgem também os efeitos colaterais de tanta droga ingerida. Em oito anos no máximo a maioria dos esportistas profissionais chega ao seu limite, sendo substituído por outro atleta novinho em folha, que também passará pelo mesmo processo destrutivo. E assim o ciclo se repete, é uma calamidade o que estão fazendo com o esporte."

Mercedes, que estava chocada com a aparência estranha do casal — ambos tinham queixo e dedos maiores que o normal, por causa do hormônio de crescimento (HGH) que tomaram ao longo da carreira — ficou indignada com o desabafo de seus novos amigos.

— Sim, Mercedes, é preciso brecar tal atrocidade — prosseguiu Lauter. — Eu falo com conhecimento de causa. Por ser ciclista, fui obrigado a usar eritropoetina (EPO), que aumenta a quantidade de glóbulos vermelhos no sangue. Com isso, meu organismo transportava maior índice de oxigênio para os tecidos, o que me permitia pedalar mais. Venci várias provas, porém hoje sou um homem doente, com o coração e o fígado comprometidos, sem falar nos dois derrames que tive e na trombose que quase me matou no ano passado.

A conversa prosseguiu e a amante de Wavel descobriu coisas estranhas das competições. Por exemplo, para que os arremessadores de dardo não atinjam algum corredor, o placar do estádio ou a plateia, devido a sua força excessiva, a empunhadura teve que ser remodelada. O mesmo aconteceu com a rede de vôlei, que agora fica a uma distância maior do solo, e também com a bola, que está mais pesada, tudo para acompanhar a nova constituição física dos atletas.

O casal, então, começou a mostrar algumas fotos que serão expostas durante a convenção em Seicheles. As imagens eram bizarras, homens com seios e mulheres peludas, de barba e bigode, competindo em diferentes modalidades esportivas.

— Eles estão assim devido ao uso indiscriminado de anabolizantes, derivados da testosterona — contou Lauter, exibindo outras fotografias chocantes.

Estas apresentavam jogadoras de basquete se barbeando antes de entrarem em quadra e rapazes maratonistas vestindo tops masculinos para proteger os seios durante a corrida.

— Sabemos que será uma grande batalha contra as equipes farmacêuticas, pois estas alegam que o doping gera milhares de empregos. Por outro lado, médicos, ONGs e nós, atletas, temos um argumento incontestável: o alto número de esportistas que estão morrendo durante as competições devido a liberação de drogas olímpicas — encerrou Olga o assunto, pois a aeronave se preparava para aterrissar.

Desejando sorte a Lauter e Olga, Mercedes desembarcou, reuniu sua bagagem e se dirigiu ao saguão do aeroporto La Pointe Larue. Um homem de quepe e terno de corte impecável segurava uma plaquinha com seu nome. Sorrindo ela foi até ele que, com poucas palavras e cara fechada, a conduziu até a limosine estacionada em frente ao portão de desembarque.

Ela achou que ficaria num hotel, mas soube que uma casa de hóspedes havia sido preparada para sua chegada. "Ai, meu Deus, o que me espera?", pensou, enquanto o carro deslizava pelas lindas ruas da Ilha Mahé. Não demorou mais que meia hora para o motorista carrancudo estacionar na entrada de um belo sobrado de alvenaria pintado num tom de rosa esmaecido, com vista para o alto mar.

Mercedes sabia que Wavel iria encontrá-la só a noite, mas esperava uma recepção calorosa. A moça que a recebeu também foi fria e educada. Mostrou rapidamente todos os ambientes, decorados com móveis de bom gosto, informou o horário das refeições e desapareceu. Sozinha na casa, a viajante desfez as malas, tomou um demorado banho na hidromassagem e resolveu esperar o namorado na varanda, apreciando a vista maravilhosa do Oceano Índico ocidental.

Começava a escurecer quando Wavel chegou. Amoroso como sempre, beijou e abraçou a amada, contou que suas esposas estavam ansiosas para conhecer a namorada brasileira e juntos provaram um delicioso jantar, servido à luz de velas por um garçom que ela não sabe de onde surgiu.

Uma agradável fusão entre as gastronomias crioula, francesa, chinesa e indiana marcou a primeira refeição de Mercedes em terras seichelenses. A brasileira amou o pescado ao molho de coco, salpicado de pimenta, gengibre e alho. Depois se fartou com a sortida cesta de frutas, repleta de mamões, mangas, abacaxis, maracujás e goiabas. E para fechar com chave de ouro, ela experimentou o famoso citronelle, um chá de ervas aromáticas especialmente refrescante.

As sete horas a mais de fuso horário deixaram a cabeça de Mercedes um pouco zonza, mas Wavel queria tê-la por inteiro aquela noite e, assim, ela pouco dormiu para satisfazer os impulsos sexuais do companheiro.

Não deu tempo nem de pegar no sono, logo o café da manhã foi levado ao quarto, desta vez pela serviçal mal-encarada. Atrasado para uma reunião, Wavel partiu apressado, dizendo que dali a duas horas um carro iria apanhá-la para levá-la ao seu primeiro dia de aula.

"Mas, eu não conheço ninguém lá. Como devo ir vestida? O que tenho que levar? Qual o nome de suas esposas?", perguntou Mercedes enquanto corria nua atrás do namorado.

"Não se preocupe com nada. Vai dar tudo certo. Todos irão adorá-la", gritou ele enquanto dava partida em sua Lamborghini laranja.

...

Duas horas depois, Mercedes viu a mesma limusine que lhe trouxe do aeroporto entrar na garagem da casa. Ela desceu as escadas em sua pantalona preta, camisa branca e papetes escuras e ficou aliviada quando o motorista abriu a porta de trás do carro.

De terno e gravata, um tanto quanto desalinhados, barba por fazer e cabelo desgrenhado, o homem era todo sorriso. Brasileiro, de Queimados, no Rio de Janeiro, há oito anos, Mark (seu nome verdadeiro é Marcos, mas ele resolveu mudar para facilitar a vida dos seichelenses) trabalha para Wavel em Seicheles.

Simpático, ele logo se abriu para a patroa — como ele a chamou.

Mercedes, até que enfim, relaxou e foi contando as novidades do Brasil e sabendo as fofocas dali durante todo o trajeto. Ela descobriu que as esposas apenas se suportam, fingem se dar bem na presença do marido, porém, longe dele são invejosas, briguentas e vingativas umas com as outras.

Ao chegarem ao destino o motorista lhe deu uma última informação: "Seja o mais discreta possível. Se elas te acharem submissa, serão gentis com você. Boa sorte, patroa."

O lugar não tinha nada a ver com uma escola. Era um salão de pé-direito alto envidraçado à beira-mar, com vários ambientes de estar decorados com o melhor do design internacional, que se abria para um extenso gramado.

Não havia ninguém por ali, contudo, Mercedes escutava crianças e mulheres falando ao longe. Caminhando em direção às vozes, ela avistou o grupo sob um caramanchão coberto por graciosas flores pendentes. A paisagem natural era uma pintura irretocável, mas as pessoas deram calafrios à recém-chegada.

As quatro esposas de Wavel e as duas amigas se viraram ao mesmo tempo quando Mercedes se aproximou. Além das roupas de grifes como Dior e Prada, vestiam capacetes blindados com chumbo, adornados por pedras preciosas. Até os filhos usavam os mesmos bloqueadores mentais, exceto o menorzinho, o único com os cabelos a mostra.

Ao ver o espanto da namorada brasileira, a primeira esposa, Victoria, antes mesmo de se apresentar, explicou a situação. "Todas as famílias proeminentes de Seicheles adotaram esse acessório maravilhoso, o qual impede a invasão do pensamento alheio. Nós jamais saímos sem, nunca se sabe com quem iremos cruzar na rua."

Apesar de entender o motivo, Mercedes julgou ser um absurdo usar tal trambolho num lugar como aquele. Enfim, ela ficou na sua, apresentou-se, foi cumprimentada amavelmente por todos e acompanhou a turma de volta ao salão, onde dois jovens professores os esperavam.

Foi difícil para Mercedes se concentrar na aula. As mulheres mais cochichavam entre si do que prestavam a atenção na lição. E foi numa dessas conversas paralelas que ela escutou de Emma, a última esposa de Wavel, sobre o remédio da imortalidade. A moça de traços delicados, pele morena e baixa estatura perguntava à amiga se o marido desta estava tomando a pílula. A outra arregalou os olhos e respondeu que não: "Por que, o Wavel começou o tratamento?" "Claro que sim", falou Emma. "E nós quatro devemos começar nos próximos dias, assim que a remessa da Espanha chegar." Como o professor pediu silêncio, as duas não puderam continuar o bate-papo. Mercedes, no entanto, não parou mais de pensar no assunto.

A tal pílula da vida eterna, que atua na renovação das células, é privilégio de gente milionária. Para fazer efeito, é preciso tomar uma cápsula a cada trinta dias, ao custo de um milhão de reais ao ano. Ricos do mundo todo compraram o medicamento, enquanto o restante da população espera pela quebra da patente do remédio, que deve acontecer daqui a cerca de vinte anos, para ter acesso ao genérico da pílula da imortalidade.

Cardíacos e pessoas com câncer estão se endividando para todo o sempre a fim de adquirir a droga. Com isso, o número de adeptos do novo medicamento cresceu de maneira vertiginosa. Para evitar que o planeta se torne superpovoado, inúmeros países já estão fazendo controle de natalidade e legalizando o aborto.

Viver muito tempo também acarreta custos altos para a aposentadoria. Sendo assim, foi alterado o limite de idade no mercado de trabalho. Estima-se que o ser humano poderá atuar profissionalmente por cerca de 100 anos. Depois disso, afirmam os cientistas, o cérebro humano reduz seu limite de armazenamento, o que faz com que as pessoas esqueçam boa parte do que sabem e viveram.

Entre os maiores opositores da droga que prolonga a vida por tempo indeterminado está a Igreja, no entanto, muita gente afirma que pretende ser imortal por apenas dois séculos. Nessa altura, dizem eles, se terá visto e vivido de tudo: "Para que continuar vivo?" Bastará, então, parar de tomar o remédio da imortalidade e voltar a envelhecer.

Assim que a aula terminou, Wavel enviou uma mensagem avisando que, devido a uma reunião de última hora, não poderia se encontrar com Mercedes. Na verdade, ela até gostou. O jet lag ainda não tinha passado e o encontro com as esposas, além da nova língua universal, a deixaram um tanto quanto atordoada.

Estirada na cama king size de estrutura de ouro envelhecido, ela logo pegou no sono, ajudada pela medicação que controla os seus sintomas da falta de sonhos. Há alguns meses, Mercedes foi diagnosticada com a mesma doença do avô paterno, a síndrome de Charcot-Wilbrand, a qual faz com que a pessoa não sonhe nunca mais. Mas essa noite foi diferente.

...

No dia seguinte, Mercedes lembrava com clareza do sonho que teve: ela, com 200 anos de idade, se atracava com as quatro esposas de Wavel, arrancando com violência da cabeça delas os capacetes de chumbo e jogando os mesmos para os professores que, apesar de velhos decrépitos, chutavam os acessórios para dentro de barcos ancorados em alto mar.

Era sábado, Mercedes degustava o lauto café da manhã na varanda, satisfeita por ter sonhado depois de tantas noites em branco, quando o namorado chegou. De bermuda listrada, camisa de linho branco semiaberta, sapatênis e chapéu panamá, ele estava com uma aparência ótima, radiando felicidade. "Termine seu dejejum e vá preparar a mala. Vamos passar o final de semana em meu iate."

Ela adorou o convite. Colocou seus trajes mais novos numa valise, vestiu sua melhor roupa de banho — um maiô drapeado de um ombro só, combinando com a saída de praia azul, comprados no site da badalada marca inglesa Agent Provocateur — e saiu de mãos dadas com seu deus de ébano, se sentindo uma mulher de sorte.

Dava até para chegar caminhando à marina, mas Wavel preferiu ir em sua reluzente Lamborghini. Ao estacionar, logo foi cercado por funcionários que se desdobraram em cumprimentos e cuidados. Seguindo os passos do namorado, Mercedes parou diante do maior barco do píer: um Inace Vitoria 106, de três andares, com doze cabines.

Ela olhou para cima ressabiada, procurando o restante dos passageiros: esposas, filhos e amigos. Mas o amante adivinhou seus pensamentos e disse: "Somos só nós dois, meu amor." Subiram então a bordo e Mercedes quase não acreditou no que viu. Ciro, o marinheiro que os acompanhou no minicruzeiro em Angra do Reis, os aguardava no convés.

— Que surpresa boa, você por aqui.

— Estou de férias e o senhor Wavel foi generoso em me deixar trabalhar em seu barco, ao lado da tripulação, neste lugar que sempre sonhei conhecer.

Após os cumprimentos, a âncora foi içada e a navegação começou. No roteiro, as praias Beau Vallon e Anse Takamaka. Em ambas, o casal nadou em águas cristalinas, estirou-se na areia branca e macia, perambulou pelas lojas de grife e regressou ao iate com muitas sacolas de compras.

Na Louis Vuitton, ela conseguiu achar o Pump Archlight, aquele modelo de sapato tão desejado, com tira atrás. Para combinar, ganhou de presente uma bolsa de pele de cordeiro, cravejada de pedrinhas de cristal, da Lanvin. Ele saiu da Prada com dois suéteres de lã fininha e uma clássica bermuda de náilon.

O dia se foi, cedendo lugar a uma noite de céu estrelado. O barulho dos turistas no continente chegava fraco e se confundia com o delicado choque das marolas no casco da embarcação.

Após o jantar, Mercedes e Wavel se recolheram na suíte master para passar horas de prazer, carinho, sedução e, sim, um pouco de devassidão.

De madrugada, Mercedes saiu da cama e foi verificar se Ciro ainda passava as noites em claro. O encontrou preparando um peixe ao curry para o almoço.

— Continua não dormindo?

— Sra. Mercedes, desculpe-me se a acordei com o barulho.

— Não, não se preocupe com isso. Está difícil pegar no sono hoje.

— Sim, continuo acordado o tempo todo.

— Deixe o peixe para mais tarde. Vamos conversar ao ar livre. Está uma noite tão agradável.

Os dois sentaram-se nas espreguiçadeiras de madeira teca junto à piscina.

— Como você veio parar aqui tão longe do Brasil? Você tem contato estreito com meu namorado?

— Conheci o Sr. Wavel por causa do aluguel do iate em Angra dos Reis. Ele foi cordial comigo, por isso guardei o cartão dele. Agora, estou enfrentando um momento delicado de minha vida e achei que vir para cá seria o melhor para mim. Mandei um e-mail para ele, expliquei minha situação e estou aqui. Até eu não acredito que consegui realizar meu sonho.

— O que está acontecendo, Ciro? Perdoe-me se estiver sendo indiscreta.

— Imagina, é bom para mim desabafar. Quando falamos pela última vez, eu não contei que pessoas como eu, que não dormem nunca, têm o dom, ou melhor, o castigo, de saber quando vão morrer. Enfim, desde que nasci me preparei para desencarnar em vinte e um de julho de 2024. Como falta apenas um ano para tudo terminar, resolvi viver da melhor maneira possível.

— Como pode ser isso? Eu não consigo conceber uma coisa tão terrível como essa. Você tem certeza sobre o que está dizendo? Jamais escutei falar sobre um poder desse tipo.

— Infelizmente é a pura verdade. Veja aqui no meu smartphone. Existe até um aplicativo que informa quantos anos e dias restam para minha morte. Confere: faltam 322 dias para meu falecimento.

— Não, não, não. Temos que fazer alguma coisa para reverter a situação e eu sei como. Você tem que tomar a pílula da imortalidade.

— Obrigada, senhora, pela preocupação. O Sr. Wavel me propôs a mesma coisa, mas não tem jeito. Ninguém até hoje conseguiu escapar da morte. Estou conformado, apesar de bastante assustado.

— Meu Deus, nem sei o que falar. Quanto sofrimento!

— É difícil, mesmo. Mas estou seguindo os passos de minha família. Assim como eles, agendei para perto da data do funeral uma missa pré-morte, onde pedirei bênçãos para minha passagem, e também meu próprio velório, que quero que seja alegre como um casamento.

— Estou admirada de como você está levando este assunto tenebroso de uma maneira tão leve e otimista. Não sei como consegue não entrar em pânico.

— Se não podemos mudar as coisas, que pelo menos possamos tirar o melhor proveito delas. No entanto, não é a mesma coisa viver intensamente quando se sabe que a morte está próxima. Sei lá, parece que aquela sensação de adrenalina, comum quando fazemos coisas que nos excitam, terminou. Na verdade, tudo para mim perdeu a graça e o sentido.

— Eu posso imaginar, Ciro. Claro que eu sei que vou morrer um dia, mas não suportaria ter a certeza da data. Acho que me mataria antes. É uma carga muito pesada para qualquer ser humano.

— Engraçado é que nunca me preocupei muito com isso, mas agora que falta menos de um ano, me sinto temeroso. O pior, no entanto, são as consequências. Como sou obrigado por lei a informar minha data de óbito, não consigo mais fazer crediário nas lojas e meu banco me obrigou a pagar um seguro para cobrir minha inadimplência após a morte. Ainda bem que consegui passar essa temporada remunerada aqui em Seicheles, pois lá no Brasil meu dinheiro está quase acabando. O que estou ganhando neste trabalho vai me sustentar por um bom tempo.

— Não sei como você não pira com tudo isso. Desculpa, mas estou com muita pena de sua situação.

— Eu passei dessa fase. Mas um mês antes de vir para cá, eu surtei. Bebi até quase cair num bar, me neguei a pagar a conta, tirei toda minha roupa e saí correndo nu pela Praça do "O", lá em Angra. Nunca me senti tão fora de mim. Fui preso, mas me soltaram assim que souberam minha história.

— E seus pais e irmãos, como estão enfrentando tamanha tristeza? Eles são tão fortes quanto você?

Cada um está vivendo a seu modo o próprio drama. Todos nós iremos morrer na mesma data. Não queremos alarmar os vizinhos, mas tudo indica que alguma catástrofe irá ocorrer no bairro onde moramos. Você não acha que é muita coincidência a família inteira morrer no mesmo dia e no mesmo lugar?

Mercedes começou a ficar enjoada. Era informação demais para ela digerir, além disso o barco começou a balançar forte conforme o vento aumentava. Levantou-se, deu um grande abraço no musculoso marinheiro de olhos tristes e disse que era melhor ambos descansarem. "Em breve o sol nascerá e com ele novas forças para enfrentarmos as coisas malucas desta vida."

Setembro de 2023

Faz dois meses que Mercedes está em Seicheles, nunca mais soube de Ciro, que voltou para casa depois de algumas semanas de seu último encontro.

Ela ainda não se acostumou com as esposas; é difícil compreender a oscilação de humor das mulheres. Há dias em que são agradáveis e prestativas. Em outros, porém, a tratam com rudeza na frente de quem quer que seja. Mesmo entre elas, há uma tensão, muito bem disfarçada. Todavia, é só prestar a atenção nas sutis indiretas ou nos olhares sorrateiros para perceber como todas se odeiam.

Por outro lado, a brasileira progrediu no aprendizado da nova língua universal. Consegue ler longos textos e mantém diálogos com razoável destreza.

Hoje faz calor na ilha, a temperatura nesse dia bate os trinta graus. Pelo céu de azul intenso, fragatas, rolinhas-zebrinha, garajaus-de-bico-amarelo e outros pássaros voam apressados em bandos para diversas direções. Há muito que não chove, tornando a água do oceano mais límpida do que de costume, perfeita para mergulhar.

Aproveitando as condições meteorológicas ideais, Wavel está levando seus oito filhos para um programa divertido em alto mar junto da namorada estrangeira. Todos passaram um bom tempo mergulhando e os meninos mais velhos ainda puderam se exibir fazendo windsurfe, esporte no qual são feras.

Depois, seguiram para Copolia Trail, a famosa trilha que leva a um platô rochoso com vista panorâmica da costa leste. Foi nesse belo cenário, à sombra de um grande ipê, de flores brancas e rosas pálidas, que o grupo desfrutou de um frugal piquenique. Queijos, pães, frutas, sucos e vinho para os adultos espalhavam-se pela toalha xadrez colocada sobre a relva.

Mercedes estava encantada com a simpatia e educação tanto das crianças quanto dos adolescentes. Conversaram e riram bastante, ensinaram a ela várias palavras da língua crioula, um dos idiomas oficiais do país, que mescla inglês e francês, e construíram juntos os típicos montinhos de pedra deixados no local pelos visitantes.

No meio da tarde, voltaram para o barco e seguiram rumo à capital Victoria. A ideia era fazer um tour pelo Mercado central, onde comprariam pescado, frutas, verduras e temperos para juntos prepararem o jantar na casa onde Mercedes estava hospedada. Todos estavam muito animados e os filhos disputavam com o pai qual seria o melhor cardápio para aquela noite.

Mas, nem bem a embarcação ancorou na marina quando o previsto, porém impensável aconteceu.

A princípio, todos acharam que se tratava do início de uma guerra nuclear, no entanto, era muito mais do que isso. Na verdade, as drásticas mudanças climáticas, os eventos naturais catastróficos e as alterações bizarras em seres humanos, animais e plantas eram sinais mais do que evidentes de que o fim do mundo estava próximo, mas ninguém levava tudo isso a sério e a vida continuava como sempre foi.

Sim, os cientistas, por meio do setor de rastreamento da NASA, sabiam o que estava prestes a ocorrer, porém como nada podiam fazer para frear a aproximação das galáxias, preferiram não alarmar a humanidade.

E assim o Universo colapsou. Explodiu ao impacto devastador da chuva de milhões de objetos vindos do espaço.

Asteroides procedentes de dentro e de fora do Sistema Solar, medindo entre 100 e 300 metros, conseguiram penetrar na atmosfera (nosso grande "escudo" protetor) a uma velocidade de 45.500 km/h, liberando cerca de 800 mil quilotoneladas (800 milhões de toneladas) de energia, provocando uma destruição sem precedentes.

Devido à quantidade de corpos cósmicos, tornou-se impossível desviar a trajetória de todos eles com naves espaciais ou com explosões nucleares.

A violência da colisão foi tão intensa que lançou escombros para a atmosfera. Isso causou uma chuva ácida, que bloqueou parcialmente a luz do sol e, depois de algum tempo, essas rochas voltaram a cair em chamas sobre a Terra.

Se a morte dos terráqueos foi lenta ou rápida, não sobrou ninguém para contar. Na superfície do belo planeta azul restam agora apenas as crateras causadas pelo impacto.

© 2024, Maria Helena Pugliesi

Todos os direitos desta edição reservados à
Laranja Original Editora e Produtora Eireli

www.laranjaoriginal.com.br

Edição **Filipe Moreau**
Projeto gráfico **Arquivo [Hannah Uesugi e Pedro Botton]**
Imagem da capa **Adobe Firefly**
Foto da autora **Fred Busch**
Produção executiva **Bruna Lima**

Dados Internacionais de Catalogação na Publicação (CIP)
(Câmara Brasileira do Livro, SP, Brasil)

Pugliesi, Maria Helena [1957-]

Uma outra história / Maria Helena Pugliesi —
São Paulo: Editora Laranja Original, 2024 —
(Coleção Prosa de Cor; v. 16)

ISBN 978-85-92875-75-6

1. Romance brasileiro
I. Título. II. Série.

24-217267   CDD-B869.3

Índices para catálogo sistemático:
  1. Romances: Literatura brasileira B869.3

Eliane de Freitas Leite — Bibliotecária — CRB 8/8415

COLEÇÃO **PROSA DE COR**

Flores de beira de estrada
Marcelo Soriano

A passagem invisível
Chico Lopes

Sete relatos enredados na cidade do Recife
José Alfredo Santos Abrão

Aboio — Oito contos e uma novela
João Meirelles Filho

À flor da pele
Krishnamurti Góes dos Anjos

Liame
Cláudio Furtado

A ponte no nevoeiro
Chico Lopes

Terra dividida
Eltânia André

Café-teatro
Ian Uviedo

Insensatez
Cláudio Furtado

Diário dos mundos
Letícia Soares & Eltânia André

O acorde insensível de Deus
Edmar Monteiro Filho

Cães noturnos
Ivan Nery Cardoso

Encontrados
Leonor Cione

Museu de Arte Efêmera
Eduardo A. A. Almeida

Uma outra história
Maria Helena Pugliesi

Fonte **Tiempos**
Papel **Pólen Bold 90 g/m²**
Impressão **Renovagraf**
Tiragem **150**